MW01611331

TRAVESTI

Carlos Reyes Ávila

TRAVESTI

FONDO EDITORIAL TIERRA ADENTRO 392

Este libro obtuvo el Premio Binacional de Novela Joven Frontera de Palabras / Border of Words 2009 convocado por el Consejo Nacional para la Cultura y las Artes, a través del Programa Cultural Tierra Adentro y el Centro Cultural Tijuana. El jurado estuvo integrado por Ana Clavel, Élmer Mendoza y David Toscana.

Programa Cultural Tierra Adentro
Fondo Editorial

Primera edición, 2009
Diseño de portada: Antonieta Cruz
© Carlos Reyes Ávila
© Fernando Cisneros por ilustración de portada

D. R. © 2009, de la presente coedición:
Consejo Nacional para la Cultura y las Artes
Dirección General de Publicaciones
Av. Paseo de la Reforma 175, Col. Cuauhtémoc,
CP 06500, México D. F.

Centro Cultural Tijuana
Paseo de los Héroes núm. 9350
Zona Urbana Río, CP 22010
Tijuana, Baja California

ISBN 978-607-455-207-2 CNCA

Impreso y hecho en México

Índice

Todos somos agnósticos, o travestis del arte o del
sexo. Ya no tenemos convicción estética ni sexual,
sino que las profesamos todas.

Jean Baudrillard

El travestismo, al volver las fronteras genéricas
permeables, es decir, al subvertir el orden binario de
hombre/mujer, masculino/femenino, transgrede la
misma noción de categorías fijas y se convierte en
una "categoría en crisis". Como "género permeable"
y como categoría en crisis, el travesti se ubica y
desubica como lo "tercero". Un "tercero" que
además de señalar la figura travesti como un "tercer
sexo" o un "tercer término" describe un modo de
articulación, [...] un espacio de posibilidad. El
tercero cuestiona la idea de uno: identidad,
autosuficiencia, autoconocimiento.

Marjorie Garber

Oración travesti

Camelia, tú que fuiste la primera de la estirpe,
ruega por nosotras.
Reina Virgen que coqueta posas al lado del Señor,
ruega por nosotras.
Mártir de este santo oficio, ruega por nosotras.
Tú que con tus trucos lo consigues todo, ruega por nosotras.
Tú que fuiste el primer niño convertido en niña por obra
y gracia de la Santísima Divinidad, ruega por nosotras.
Tú que sabiamente sabes atraer a los hombres,
ruega por nosotras.
Tú que viniste a expiar nuestras culpas, ruega por nosotras.
Tú que desapareces de nosotras el pecado,
ruega por nosotras.
Ayúdanos en la pose a mantener el gato en su lugar,
a que no nos falten los mayates,
y a que "el horror" no nos alcance;
ayúdanos a tus santas niñas a conseguir lo que buscamos.
No nos desampares ni de noche ni de día,
ni en las riñas ni en la cruda.
A ti te damos gracias, Camelia, por mostrarnos el camino,
por enseñarles a los hombres que bien podemos ser mujeres,
por ponernos en el mapa de la noche,
por hacernos criaturas divinas bajo tu gracia,
y porque los reinos de la noche y las calles ahora nos
                                    pertenecen.
A ti te damos gracias, Santa Camelia,
ahora y en la hora de la muerte. Amén.

Nuestra Señora de las Flores

CAMELIA VENDÍA FLORES DE PAPEL que ella misma elaboraba. Solían llamarla Nuestra Señora de las Flores. Hacía de celestina presentando señores con señoras. Como toda mujer romántica, creía en el amor. Montaba valses para quinceañeras. En el fondo de su corazón seguía siendo una chiquilla enamorada. Camelia no era mujer. Su verdadero nombre era Carlos Pérez. Fue el primer travesti de Torreón allá en los sesenta. Hoy su nombre es un emblema.

—¿Quéee? Pérate, pérate, pérate. ¿Era hombre?

—Sí, se llamaba Carlos, vivía en la calle Leandro Valle y...

—¿Fue el primer travesti de Torreón?

—La primera vestida, exactamente. Aunque no del todo. Se maquillaba, se peinaba como mujer, usaba aretes y collares, traía las uñas arregladas, pero se vestía con pantalones de hombre, camisetas y zapatos de mujer. No se "vestía" totalmente, pero era lo más cercano.

—Pero no es cierto eso de las flores y lo de la Celestina y lo de los valses, ¿verdad?

—Todo es cierto. Eso hacía la Camelia. ¿Qué quieres? Era una romántica.

—¿De qué época estamos hablando?

—De los sesenta.

—¿Todavía vive?

—No, ya murió.

—¿De qué?

—Dicen que de sida, pero no es cierto. Antes decían eso siempre que se moría un homosexual, pero Camelia no murió así.

—¿Cómo sabes?

—Camelia, antes que travesti y homosexual, era una dama. Se portaba bien, no era una loca; era tierna, linda, sana. Era raro verla en la zona, donde sí andaban los maridos de las mujeres que dijeron que murió de sida. Esos maridos, que por cierto preferían bailar, tomar, platicar y hasta pichonear con las vestidas que con las prostitutas.

—¿Se las cogían?

—Unos sí, otros no. La cuestión es que en aquel entonces no sabían que eran hombres. Cuando descubrían el truco, a veces las golpeaban y unos hasta las mataban. Otros se hacían los indignados frente a los cuates, pero al rato regresaban.

—¿Neta?

(Silbido de afirmación.)

—Bueno, a ver, ¿qué pedo? ¿Qué pasó con la Camelia y las flores?, ¿qué más?

—Ah, güey, si el morbo es cabrón, ¿verdad?

—Ándale, ya síguele. ¿Estaba guapa?

—Camelia era un hada atrapada en un terrible cuento.

Sonia

SE HACÍA LLAMAR SONIA, por Sonia López, la cantante. Le encantaba cómo se vestía, con sus crinolinas y sus zapatos de pulsera. El apogeo de Sonia, la vestida, fue en los sesenta, en la zona de tolerancia de Torreón. Aunque ella no empezó ahí. Tenía apenas trece o catorce años cuando comenzó a vestirse de mujer. Antes de entrar directamente a lo macizo, es decir, a la zona, estuvo en las mesas de café de la Morelos, donde hoy se encuentra el hotel Palacio Real, enfrente de la Plaza de Armas. Éstas eran a las que llamaban putas del centro. Pero Sonia, en su recato y decencia, no se descaraba y no se prostituía; le gustaba ir a ligar y conocer hombres, sólo para divertirse, no para hacer dinero. Además era una niña. Se hacía pasar por secretaria o estudiante. Cargaba libros y hacía como que estudiaba. Luego algún galán se le acercaba y la invitaba a dar la vuelta en el auto.

Así fue como se metió en su primer conflicto. Conoció a un hombre que resultó ser un actor de cine. Esto no lo supo sino hasta después. Se le acercó y la invitó a dar la vuelta. Al principio Sonia no aceptó, y el actor la convenció diciéndole que le iba a dar un dinero para ayudarla con su pobre situación económica. El trato no incluía sexo. Sonia accedió y se fueron en el auto a dar la vuelta. Ni ella sabía que era un actor, ni él que Sonia no era mujer sino hombre. Al llegar a una plaza, Sonia le pidió el dinero acordado.

El actor se lo negó. Sonia sacó de su bolso una navaja; no la abrió, solamente se la mostró para amenazarlo. Le dijo que si no le daba el dinero iba a valer madre ahí mismo. El actor se asustó y le entregó la cartera. Sonia sólo sacó el dinero acordado, se la devolvió y se fue.

Las cosas se quedaron así. No hubo mayor conflicto. Después conoció a Imelda, una chica de Durango, ahí mismo en el café de la Morelos. Imelda tenía una historia triste. Sus padres la habían corrido de la casa al enterarse de que estaba embarazada. Imelda no sabía mucho de la vida, había estudiado siempre con monjas. Desesperada decidió irse a Torreón donde conoció a Sonia. Se hicieron amigas de inmediato. Un día fueron al cine Martínez a ver *Quinceañera* con Maricruz Olivier. Ese día Sonia le prestó ropa a Imelda, un vestido de ajedrez. Sonia se puso un *jumper* color crema, zapatos de pulsera y un collar de perlas. Imelda le había dicho que no se pusiera ese collar porque era de mala suerte.

—Las perlas son lágrimas —le dijo, pero Sonia hizo caso omiso.

Al salir del cine se fueron caminando por la Morelos. Cuando pasaron por la Plaza de Armas un hombre en un auto las señaló. La policía las detuvo por robo. Sonia identificó al hombre: era el actor. La policía sólo se iba a llevar a Imelda, que traía el vestido de Sonia, el mismo que se había puesto la vez que salió con el actor. Ése fue el detalle por el que creyó reconocerla. Al darse cuenta de eso, Sonia les dijo a los policías que se equivocaban de chica, que ella era a la que buscaban. El actor la reconoció y se llevaron a Sonia a la cárcel. Ya ahí se descubrió la mentira: Sonia no era mujer sino hombre. El actor dejó las cosas como estaban; no levantó la demanda correspondiente. El escándalo iba a ser mayúsculo y él era un actor famoso. De cualquier forma, se quedó unos días en la cárcel por robo. Cuando estaba adentro se acordó de las palabras de su amiga: "Las perlas son lágrimas", y rompió el collar.

Al enterarse, los medios acudieron de inmediato. La retrataron y publicaron la fotografía en *El Siglo de Torreón*. Sonia, todavía con descaro, posó para la foto. Se recargó en el marco de una puerta con una mano alzada y posando coquetamente. La fotografía salió en el periódico. Sonia se sintió orgullosa.

En ese tiempo acababa de publicarse en *Alarma* el caso de Shalimar, un travesti que robaba en el Cine Diana. Shalimar salió en la fotografía con un abrigo negro de cuello atigrado, vestido negro, tacón de aguja, medias negras y las piernas cruzadas. La noticia de Shalimar fue un escándalo mayúsculo a nivel nacional. Sonia representó el caso de Torreón. Cuando Sonia conoció a Shalimar, le contó lo que le había pasado y le enseñó el recorte del periódico. Shalimar le contestó:

—Pero usted salió en un pedacito del periódico, compañera, y yo salí en toda una portada.

Eso sí, Shalimar seguía siendo la reina; además, lo de ella fue a nivel nacional.

En la cárcel Sonia conoció a la Diabólica, de nombre Gregorio, que estaba presa por matar a un gay; también conoció a la San Martín, que era grande y fuerte como un luchador. Conoció a la Chepina, que le dijo que no se metiera en la zona porque estaba muy chica para esos ambientes. Luego, con el tiempo, Sonia se dio cuenta de que le había dicho eso porque quería evitar la competencia. Conoció a la Joaquina y a la Marilú, que fue quien la invitó a trabajar al Gallo de Oro.

La familia logró sacar a Sonia de la cárcel. Cuando estuvo libre, en vez de irse a su casa, se fue a la zona. Ahí comenzó su odisea.

El Gallo de Oro, 1963

La primera totalmente vestida en Torreón fue Ángel de Durango, que frecuentaba la zona de tolerancia, una de las tres más importantes del país, si no es que la más importante en su tiempo. Ella sí cumplía con el ritual completo. Andaba con un soldado. Los dos eran marihuanos. El soldado la mató; fue un crimen pasional. Ocurrió en la zona, en el Gallo de Oro, la primera cantina donde dejaron entrar a las vestidas. Después de esto, la clausuraron y las vestidas se dispersaron. Así tuvo lugar el primer destierro.

Todo comenzó en la zona, en una casa de la calle Progreso, donde tres gays lavaban la ropa de algunas prostitutas. Ellos eran la Cacerolas, la Marilú y Aurelio, mejor conocido como la Mastuerzo, que aún vive y se dedica a la fayuca. A Aurelio le molestaba que le dijeran así, y era capaz de agarrarse a chingadazos con quien lo hiciera. Le pusieron ese apodo a raíz de que una vez la raparon, y para disimular un poco, recogía cabello de las estéticas y se adornaba con flores de mastuerzo. Parecía que cargaba una maceta en la cabeza. A partir de ahí se le quedó el apodo de la Mastuerzo.

Se llegaba ahí por la entrada del Copacabana, donde se sentaban las prostitutas de silla. Estos tres gays vendían la ropa que las prostitutas dejaban olvidada a otros gays que querían vestirse de mujer. Así fue como se empezaron a "vestir".

Al principio tuvieron problemas con los zapatos. No había números grandes. De cualquier forma, algunas los usaban, aunque les quedara medio talón de fuera y les lastimaran los pies. La mayoría usaba "patas de gallo".

En el Gallo de Oro encontrabas al kilo de jotos, todos enguarachados. Esta cantina fue la primera en dejarlas entrar vestidas de mujer. Les daban trabajo. Tomaban y bailaban con los clientes. Vendían el "marro" con coca a tres pesos; de esos tres pesos, cincuenta centavos eran para la vestida que acompañaba al caballero. Bailaban y cobraban un veinte. Esto allá por 1963.

Al principio, las prostitutas veían con simpatía a las vestidas. Les parecían simpáticas las jotitas vestidas de mujer. Les daban permiso de que se sentaran con ellas a esperar clientes. Las defendían y se convirtieron en sus protegidas. Con el tiempo esta situación cambió, ya que se dieron cuenta de que las vestidas representaban un peligro para el negocio. Los caballeros comenzaron a preferir a las vestidas que a las mismas prostitutas, por obvias razones: las putas eran mujeres horribles y sin arreglo; en cambio las vestidas eran todo un monumento con un gran porte y arreglo. Ellas siempre se arreglaron mejor que las mismas prostitutas.

La fama de la zona de Torreón creció velozmente y comenzó a llegar gente de todas partes de la república. Las vestidas foráneas fueron las que introdujeron las drogas en el ambiente: llevaron la marihuana, las seconales, los diablitos rojos, el nembutal. Antes de que ellas llegaran, el ambiente era sano; se trataba simplemente de divertirse, bailar y beber. Además de ser drogadictas, las vestidas foráneas tenían otras "finas costumbres", como ser carteristas. Por esta razón, crecieron los problemas con los clientes, se suscitaron broncas espectaculares e incluso una que otra muerte.

Como la zona era tierra de nadie y se movía mucho dinero, todo se arreglaba igual, pagando fuertes cantidades para que todo quedara en el olvido. Así los dueños pagaban y todos hacían como que no pasaba nada. Los mismos dueños de las cantinas cuidaban a las vestidas, pero sólo dentro de los establecimientos; lo que pasara afuera era asunto de cada quien. Las vestidas resultaban un gran negocio, los clientes gastaban fuertes cantidades con ellas.

Cuando había redadas en la zona, las primeras a las que levantaban eran las vestidas, por ejercer la prostitución. Hubo una vez en particular que se llevaron a varias y dentro de la cárcel las raparon a todas para que no se siguieran vistiendo de mujer. El dueño del Gallo de Oro pagó la multa de todas y las sacó. Luego, al verlas rapadas, les compró unas pañoletas de la Virgen de Guadalupe. Y así anduvo el kilo de jotos en la noche: todos uniformados, con patas de gallo y pañoletas de la Guadalupana. Las más hábiles fueron a las estéticas a recoger cabello que pegaron en el borde de las pañoletas para simular que tenían pelo, aunque fuera corto.

La costumbre de levantar vestidas por parte de la policía se debía a que necesitaban quien les hiciera las tortillas del día siguiente, si no habían detenido mujeres por la noche. Las levantaban entre las cuatro y las cinco de la mañana para ponerlas a trabajar en las tortillas. Ahí, en los separos, las vestidas tenían la costumbre de vaciar el tabaco de un cigarro y moler mejorales para volver a mezclarlos en el mismo cigarro y fumarlo.

Como castigo también tenían la *Fajina*; éste fue un error de la policía. La *Fajina* era un carro para barrer las calles y levantar la basura. Un día se les ocurrió exhibir a las vestidas con la *Fajina*. Torreón se volvió un alboroto. La gente salió a las calles a presenciar el circo. Los policías tuvieron que regresar a las vestidas a sus celdas. Nunca más les impusieron ese castigo. Sólo conservaron el trabajo de las tortillas y la limpieza de las celdas.

El ambiente en el Gallo de Oro se volvió cada vez más denso y peligroso. La muerte se paseaba con descaro por el lugar. Ahí cualquiera podía matar a cualquiera, y las vestidas foráneas contribuían en gran parte. Con la muerte de Ángel todo estalló. La policía clausuró el lugar. Ocurrió el primer destierro de las vestidas, pero esto no iba a terminar así.

París estaba en calma

Quedé de encontrarme con David en la Plaza de Armas el sábado a las nueve. David es puto, pero no un puto cualquiera, sino uno a toda madre. Tiene pedos, lo sabe y lo acepta. Para mí su único pedo es que se la vive pensando en la verga. Dejando eso de lado, es un cabrón a toda madre. A él le debo esta experiencia alianzera y sórdida con las vestidas. Él me condujo a ellas; no lo hacía por cualquiera, pero a mí me respetaba.

Ese día fuimos primero al París, una cantina gay en la calle Zaragoza, a una cuadra de la Plaza de Armas, cerca de La Rueda, nuestro principal objetivo. Hicimos tiempo, pues en La Rueda lo bueno empieza después de medianoche. En el París no entran vestidas; es una cantina para rucos gays que se amontonan en el clóset. Afuera no hay autos estacionados, todos se quedan lejos para que no los reconozcan. Adentro es un hervidero de jotos.

David me contó algunas de sus anécdotas de ligues en los baños del Mercado Juárez, en la Plaza de Armas o en las Sorianas, lugares de encuentro con mayates. Me contó de su primera peda-fiesta-desmadre gay, de cómo se lo cogieron entre tres cuando andaba hasta la madre, y de la vez que lo secuestró un cholo en la azotea de una caseta de policía abandonada.

Nos dieron las doce, pagamos y nos fuimos. El París estaba muy calmado.

No se puede ser discretamente travesti

*E*N PRIMER LUGAR, SE DICE TRAVESTI, *no* trasvesti. *¡Por amor de Dios, dejen de decir* trasvestis*! ¡Putamadre! Pongan atención o mejor no digan nada; digan* vestidas, *por ejemplo. Ahora bien, aclarado este punto, comento que quise escribir esto por varios motivos. El primero es responder a la pregunta ¿qué quiere un travesti? Imposible saberlo, como imposible es saber a ciencia cierta qué carajos quiere una arquitecta, un ama de casa o un ingeniero en sistemas. En materia del deseo, un travesti no tiene las cosas más claras que cualquiera de nosotros. Entonces surge otra pregunta: ¿qué muestra un travesti? Un cuerpo tecnificado. El nexo entre travestismo y tecnología es evidente, porque el efecto travesti depende no sólo de la imitación de un cuerpo de mujer, sino de su exageración. El travestismo, por consiguiente, es la maximización de los rasgos sexuales de la mujer. Los aspectos que definen esquemáticamente su cuerpo, los pechos y las caderas, son llevados por el travesti a su hipérbole. Y esto no puede lograrse con el disfraz, con capas de vestidos, de cabellera y de maquillaje. Nada más lejano del travestismo que el disfraz, una imitación que rápidamente puede ser abandonada. El cuerpo travestido no puede ser abandonado ni fingido sólo por algunas horas. El cuerpo travestido no es descartable, sino que por el contrario su ideal es ser completamente definitivo.*

El travestismo necesita de la técnica, así como el disfraz necesita del oficio de la costura, del peinado y del maquillaje. Cuanto mejor sea esa técnica, más próximo estará el cuerpo de su modelo. Por eso, el travestismo es completamente contemporáneo, ya que sólo en las últimas décadas la técnica ha estado en condiciones de intervenir sobre el cuerpo, modificándolo materialmente.

Está también su lado festivo y exagerado, popular y carnavalesco. El cuerpo travesti es, como se dijo del cine, "más grande que la vida". Sin grito y gran ademán no hay travestismo. No se puede ser discretamente travesti. Por el contrario, el cuerpo travesti busca, a través de repetidas intervenciones, subir la apuesta hasta donde la combinación de límites físicos y límites técnicos lo haga posible. Por supuesto, en el camino hay bastante sufrimiento y bastante peligro. El modelo del cuerpo travesti proviene del show business. *La* vedette *del teatro de revista, que se ha ido convirtiendo en casi cualquier cosa gracias a las posibilidades de transmutación televisiva, es el espejo donde se mira un cuerpo travestido. Eso explica las guerras de travestis y* vedettes: *ambas persiguen lo mismo, convertirse en símbolo de una sexualidad lujosa hasta la extravagancia. Ambos cuerpos, con ropas idénticas, han terminado pareciéndose.*

La Rueda

En La Rueda, a tres cuadras del París, está la mera mata, el show, las vestidas, la loquera, el mero *inferno*. Apenas dimos vuelta en la Múzquiz, nos topamos a tres vestidas que venían de frente a nosotros. Una se me hizo a toda madre. No parecía hombre: muy femenina para caminar, el porte, la cara, el cabello; se veía *más mujer que una mujer*.

Entramos a otra dimensión. Parecía que todas las loquitas de la ciudad estaban ahí reunidas, el prisma homosexual en todas sus variantes: las jotitas y arregladitas "niñas bien"; los sombrerudos, rancheros y bigotones, pero gays; las vestidas, por supuesto, de todas las maneras y colores, unas guapas y unas feas, unas buenísimas; los gays, más reservados; las lesbianas, también las femeninas y las machorras. Unos bailaban y otros nomás se dedicaban a ponerse hasta la madre para olvidarse un rato de ello(a)s mismo(a)s.

La primera vestida que David me presentó fue la Tropicana, una gorda simpática y morenaza; le dicen así porque es adepta de la Sonora Tropicana. Luego me fue presentando a una por una, así como iban llegando: la Pili, la Pasa, Ángel, Carla y otras.

—Tienes que conocer a mi prima, pinche Óscar. Está bien bonita.

Anduvimos dando el rol por todo el lugar. Me parecía divertido ir a mear junto con aquellas mujeronas en minifalda, paradas a mi lado con la verga en la

mano. El baño no estaba techado, estaba al aire libre.
La Rueda es un lugar diferente. Parece una bodega
acondicionada como antro, con láser y esfera de espe-
jos en el centro. Tiene un piso arriba, un pedazo de
cuarto-tapanco, como zona VIP (más parecida a RIP),
un mini baño cubierto apenas por un medio muro.
También es diferente ver a una vestida ahí parada
meando. Todo se puede ver. Desde ahí puede obser-
varse toda la masa conectando abajo; obviamente
sobresalen las vestidas. Entre vuelta y vuelta, vimos a
la vestida que nos encontramos antes de entrar.

—Mira, ésa está bien bonita —me dijo David.

—Sí, a huevo —le contesté.

Y cada vez que ella pasaba frente a nosotros me
repetía:

—Mira, ésa está bien bonita.

—Sí, cabrón, ya me dijiste.

—No, pero deja que llegue mi prima. Está bien
bonita, neta.

Luego por fin llegó la prima.

—Mira, te presento a un amigo.

—Hola, mucho gusto.

—¿A poco no está bien bonita mi prima?

Mientras David se entretenía saludando gente,
yo viboreaba el lugar. Había unas vestidas buenísimas, con unos culos que ya quisieran muchas. En un
momento dado me puse a observar a la que decía David que estaba "bien bonita", la que no era su prima,
porque la verdad su prima ni bonita estaba. La-más-
bonita, en cambio, era exactamente como me gustan
las mujeres. Me dediqué a verla un rato, de un lado a
otro. Cuando pasaba frente a mí se me quedaba viendo
y me sonreía. Yo le correspondía la sonrisa, pero nada
más; no le hablé.

De pronto me empecé a sentir incómodo. Estaba en un antro gay, en medio de aproximadamente seiscientos homosexuales. Mi presencia era una mezcla de broma, desmadre y delirio, pero la mayoría iba por lo mismo: sexo. La Rueda no es un lugar de diversión, es más un sitio de intercambio carnal, sexual, de ligue, una sección interactiva de avisos clasificados que venden o regalan sexo; a ver quién cae, a ver quién quiere, a ver si casca. Los jotos y las vestidas, al acecho del oro primordial: los mayates. Pero eso no era lo que me incomodaba. El problema era que la-más-bonita se me empezaba a antojar.

Hubo un momento en que David se fue a la barra a comprar una cerveza. Me quedé solo y a unos metros estaba La-más-bonita con otra vestida. Vi que le dijo algo, señalándome con la vista. De inmediato su amiga vino a pararse frente a mí, dándome la espalda y mirando hacia ella. Volteé y vi que La-más-bonita le hizo un gesto para que se regresara, porque me había dado cuenta de su maniobra. Entendí que la había mandado como para comprobar mi estatura. Me estaba midiendo. Fue cuando empecé a pensar en la posibilidad. La-más-bonita estaba pensando en mí.

—Neta, David, que si anduviera pedo ya me hubiera cogido a La-más-bonita.

—Es que velas, pinche Óscar, son mujeres. Las vestidas no son hombres, son más mujeres que las mujeres. Y luego hay unas que están inyectadas. La diferencia sólo la hace un pedazo de carne. Ora, lánzate.

—La neta si no estuviera sobrio y no fuera un chingado prejuicioso, sí se andaba haciendo.

Mentía. Sabía que si se presentaba la posibilidad, de jodida le daría un beso. La-más-bonita vestía unos jeans azules, ricos, un top negro y su cabello rojo suelto.

Era blanca, muy blanca, y tenía unos lindos ojos tris-
tes y esperanzados. Se veía divertida, a pesar de todo.
Me gustaba su sonrisa, me gustaba cómo me veía
cuando pasaba a mi lado, como abriéndome la oportunidad para que le hablara. David ni las pelaba, claro,
él era puto, como él mismo decía:

—Yo soy puto, güey, y neta a mí me gustan los hombres. Yo estoy bien definido: a mí me gustan los cholitos,
y jóvenes, o los albañiles, que son el ideal de todo homosexual. Entre más varonil, mejor.

Por eso ese cabrón ni se fijaba en las vestidas, para
él era algo así como incesto. Yo, por mi parte, seguía a
La-más-bonita con la vista e imaginaba que más avan-
zada la noche podía terminar plantándole un beso sin
ningún pedo. David, por su parte, cada vez que la veía
me empujaba para que le hablara.

—Pinche, vas a hacer que me clave.

—Tú date, güey, si está bien bonita. O ahí está mi
prima, mira, vela, ella no es loca. Mírala ahí sentadita
como una señorita. ¿A poco no está bien bonita mi prima?

—¡Y dale, cabrón!

En ese momento nos cayó la Tropicana y sacó a
bailar a David. El güey me jalaba para que bailáramos
los tres, pero fingí demencia por dos motivos. El primero era que me estaba meando e iba a ir al baño; y
el segundo era que si iba a conocer a La-más-bonita,
sería cuando estuviera solo. Salí del baño y me puse a
buscarla entre el joterío; la vi a lo lejos, luego la perdí
de vista. Cuando la volví a ver pasó a mi lado. Se siguió derecho dos pasos, se detuvo y regresó.

—¿Por qué lo dejas? —me preguntó.

—¿Qué? —No le escuchaba casi nada.

—¿Que por qué dejas que se vaya a bailar? ¿Por
qué dejas que te lo quiten? Y luego ésa.

Ya estaba ahí el conecte. Ella había llegado a mí, no tuve que ir hacia ella.

—Yo lo mandé a bailar para que me dejara solo, contigo.

De inmediato La-más-bonita entendió el coqueteo. Puso mirada traviesa, se dejaba seducir. Era la oportunidad.

—¿Cómo te llamas? —le pregunté.

—Paulina.

—Yo soy Óscar.

—Qué bonito nombre.

Todo se volvió una ida y vuelta de coqueteos. Básicamente nos comíamos con las palabras. En un momento de la plática quise dejar de hablar, me pareció intrascendente; tanto ella como yo sabíamos lo que queríamos. Eran las tres de la mañana. Todos estaban ebrios y jariosos. En la pista ya nadie bailaba, sólo se cachondeaban. La noche estaba caliente. Yo quería agarrarla y plantarle un buen beso.

—Y ¿qué haces, Paulina?

—Pues yo de todo, menos puta. Trabajo en una fábrica de ropa y con una amiga en una estética. Ah, y me emborracho mucho.

—¿Cómo?

—Que tomo mucho, me emborracho siempre. Pero no, ya no, ya le voy a parar un poquito. ¿No ves que luego voy a perder la figura?

Y me empezó a modelar su figura.

—No, pues no podemos dejar que esta figura se pierda —le dije.

—Luego ya no me van a querer —agregó.

—¿Cómo no te van a querer, preciosa?

A lo mejor yo soy la que no se va a querer así, si me pongo gorda.

Me di cuenta de que David ya había dejado de bailar con la Tropicana, pero no le di importancia. Sabía que me estaba viendo con Paulina, pero mostraba discreción.

—Ahorita no tengo quien me quiera —me dijo Paulina, otra vez coqueteándome.

—Yo ya siento que te quiero...

—¿Eeeeh?

—Nada.

Le tomé la cara, pero me contuve.

—Y ¿tú que haces? —me preguntó.

—Nada, sólo sirvo para poeta —le contesté.

—¿Me escribes un poema?

—Ya vas.

—¿Cuándo me lo haces?

—El próximo sábado te lo traigo, pero si lo quieres antes...

El anzuelo estaba tendido. La invitación estaba ahí para que nos viéramos otro día y no en ese lugar. Paulina me miró otra vez como examinándome. No es que quisiera hacerse del rogar, sólo que quería otra cosa, pero yo estaba muy güey, y eso lo supe hasta después.

Dudé y ése fue mi error. La táctica del poema era tan socorrida por mí que ya hasta me parecía pendeja; además me aburría, aunque funcionaba. Mi error consistió en que no debí decirle que se lo daría ahí el siguiente sábado. Le tendría que haber canjeado el poema, como siempre lo hacía: "Dame tu dirección o tu teléfono y me encargo de llevártelo". Siempre funcionaba. No sé por qué a Paulina le di la opción del siguiente sábado. Ni modo.

—No, mejor aquí. Aquí te voy a esperar. Bueno, ya me voy con mis amigas. Nos vemos.

Se me acercó para despedirse y me plantó un besó directamente en la boca. Fue un beso como de novios que se despiden, de esos que dicen: "te quiero, corazón, *ciao*". Regresé con David, aún con la tibia sensación en los labios y una irremediable erección entre las piernas. No quise pensar en ese momento.

—Ya te vi, cabrón —me dijo David—. No hay pedo, ¿ya ves? Te fue chido. No desconfió. Yo batallé un chingo para acercarme a las vestidas. No te dejan acercarte, son desconfiadas. Piensan que todo el mundo les quiere hacer daño. Están bieeen dañadas. Muchas..., no, qué muchas, tooodas tienen una infancia bien culera; por ejemplo, a mi prima la amarraban a la cama para que no se saliera a la calle, neta. A mi prima le gustaba vestirse desde chavita. Un día la llevaron con un doctor para que le inyectara hormonas masculinas porque lo veían putito y según esto le estaban creciendo los senos. Qué chido, güey, ya la hiciste. Ya te abrió las puertas.

—Y además es la más bonita.

—A huevo. La más chida.

—Le dije que le iba a escribir un poema y que se lo traía el próximo sábado.

—Bájale la dirección o el teléfono para no venir tanto aquí.

—Ése es el plan.

—Pero no te la va a vender tan fácil. Las méndigas te digo que son todas unas damas. Fíjate: un poema es para que te diera todo, pero no te va a dar el teléfono. A lo mejor, la dirección. Alguno de los dos, pero los dos no. Te la va a poner difícil.

—Pero yo le gusté. Ella se me acercó a mí, no yo a ella.

—Bueno, el sábado venimos a ver qué pasa.

Por mí la noche estaba completa. Ya podía tranquilamente irme a la casa. David todavía pensaba ir a Lerdo a una fiesta con otras loquitas cocainómanas. Me preguntó si quería ir y le dije que no. Soy un imbécil. De verdad que yo me obsesiono con lo que sea. Como ya llevaba el beso de Paulina en los labios, no quería nada más. Todavía sentía por dentro la calentura del beso. Me sentía clavado, pero con miedo. No quería obsesionarme. Todavía tenía muchos prejuicios en mi mente y uno de ellos era precisamente clavarme con un hombre, aunque estuviera bien bonita.

—Es que todavía tengo prejuicios, güey —le dije—. Neta, me gustaría poder hacer cosas que no me atrevo.

—¿Cómo qué?

—Como que me valiera madres y tuviera una relación con una vestida. Fíjate qué chingón sería ser un filósofo cuya amante es un travesti. Pero que fuera una obsesión chida, güey, que no la escondiera, que me valiera madres, pero de veras, güey, no por pura pose. ¡Uta!, sería chingón.

—Qué loco.

Dejé a David ahí. Yo me fui a mi casa. Saqué mi libreta y no escribí el poema; busqué uno que le daba siempre a alguna chava. Cuando terminé, me quise masturbar pensando en ella, pero tenía mucho sueño; preferí dormir.

La arrancacorazones

Sonia llegó a la zona, pero no se dirigió al Gallo de Oro. Consiguió trabajo en un restaurante llamado Los Pepes, cuya dueña era doña Concha, una terrible mujer que la explotaba. Cuando la dejaba sola contaba los platos y las cacerolas para que no le hicieran transa. Ahí trabajaba toda la noche, y ya en la mañana se la llevaba a su casa para que le hiciera la talacha. En la casa de doña Concha conoció a la familia que vivía enfrente, y entró a trabajar con ellos como nana de dos niños. Los niños, que ahora ya son todos unos adultos, siguen llamando *nana* a Sonia, aunque ya no se vista de mujer.

Un día, trabajando de nana, el patrón la mandó a la tienda a comprarle una cerveza. Había mucha gente. Un chico se le quedó viendo mucho y le preguntó:

—¿Cómo te llamas?

—Sonia.

—Hola, yo me llamo Francisco.

—Mucho gusto.

—¿Vives por aquí?

—Sí.

—¿La cerveza es para ti?

—No, es para mi papá.

—Oye, ¿te podría invitar a un baile?

—Primero le tendrías que pedir permiso a mi papá.

Sonia compró la cerveza y se fue. Francisco le preguntó a Rey, el de la tienda, dónde vivía esa muchacha guapa. Rey entró en el juego. Él sabía que no se trataba de una muchacha, sino de un muchacho vestido de mujer, pero no lo sacó del error. Al contrario, se convirtió en cómplice y le dijo en qué casa vivía con sus papás.

Sonia le contó a su patrón lo sucedido en la tienda. Le dijo que había conocido a un muchacho que la había invitado a un baile, y que ella le había dicho que vivía ahí y que él era su papá, así que iría a pedirle permiso para llevarla. Su patrón también cooperó. Cuando Francisco llegó, el patrón ya estaba en su papel. Le dijo que la dejaría ir, pero que volvieran temprano y que no se intentara propasar con Sonia.

El mentado baile era el baile del cartero. Ese día Sonia se arregló como nunca. Se tiñó el cabello de rojo y usó un vestido verde esmeralda. Cuando Francisco llegó a buscarla se quedó impactado con su belleza. Francisco iba de traje, con el cabello envaselinado y copete de época. Él tenía veintidós años y Sonia apenas quince, aunque con mucho recorrido. En el baile Francisco pidió una cuba para él y un refresco para la señorita. Se la pasaron bien. Luego se fueron al cine Princesa que quedaba en la Morelos, en contra esquina de las mesas de café que Sonia frecuentó como puta del centro. Ahí varios hombres la reconocieron y le hablaron. Sonia fingió demencia. Francisco estuvo a punto de agarrarse a golpes con alguno por molestar a la señorita. Sonia los detuvo y se fueron.

Al poco tiempo, Francisco estaba completamente enamorado de Sonia, y le propuso matrimonio. Por supuesto, seguía sin saber que Sonia era en realidad un hombre. Cuando se lo propuso, Sonia se espantó. Desde luego que no iba a decirle que sí. Se escondió y trató de evitarlo. Rey, el de la tienda, fue quien volvió a decirle a Francisco dónde encontrarla.

—Vaya y búsquela en la zona —le dijo—; ahí la va a hallar.

Para ese entonces Sonia ya trabajaba en la zona en el Molino Rojo. No se "ocupaba"; es decir, no era prostituta. Trabajaba dando *show*, bailaba y después se sentaba a tomar la copa con algún cliente y a bailar, por lo que le pagaban. Llegó el día en que Francisco entró al lugar. Sonia estaba en una mesa con un cliente.

—Espérame tantito, papi —le dijo al cliente—. Es un asunto de la casa, ahorita vengo.

—¿Por qué me haces esto? —le dijo Francisco. Sonia pensó que él ya la había descubierto, que ya sabía que en realidad era hombre.

—Bueno, ¿qué quieres? Yo no tengo la culpa de que no te hubieras dado cuenta antes de que soy hombre.

—¿Qué? ¿Que eres qué?

Ahora sí terminó por saber la verdad. Sonia sola se echó de cabeza. Francisco se quedó mudo y ya no dijo nada; simplemente se fue para no volver.

Las opciones de Óscar

EL SÁBADO SIGUIENTE FUI SIN FALTA. Llevé el poema con cierto miedo por lo que pudiera ocasionar. Imaginé que le gustaría, y que sin más se iba a andar haciendo "alguito". Pensé en la posibilidad de que le gustara el detalle del poema y que estuviera dispuesta a irse a coger conmigo a algún cuartucho de hotel. El que está frente a la Feriecita, por ejemplo, donde cobran cuarenta pesos por un rato y hay que despertar al señor de la puerta. ¿Hasta dónde estaba yo dispuesto a llegar? ¿Un beso ahí mientras bailábamos? ¿Un soberano beso o sería capaz de irme a coger con ella, o él? No creí llegar a tanto. De cualquier forma, Paulina no llegó. De pronto me di cuenta de que me sentía frustrado. ¿Cómo podía ser? Nos fuimos y me quedé pensando en lo que hubiera sucedido.

Después de ese día estuve saliendo con cuatro mujeres diferentes. Una de ellas era mi ex novia, que daba señas de querer regresar. Al principio pensé en la posibilidad. No me hubiera caído nada mal tener sexo con ella. Después de que terminamos no pude tener buen sexo con nadie. Lo intenté con dos loquitas de la bola y resultó un fiasco. Ambas eran borders. No me gustan las mujeres locas en la cama. Parece como que se lo quieren coger a uno. Me gusta dominar en la cama, no que me dominen. El sexo fue vulgar. Afortunadamente mi pene tiene más dignidad que yo. Al poco tiempo perdió fuerza. Ellas tuvieron que parármelo a fuerza de mamadas. Ante eso no me resistí.

Con Cristina, mi ex, las cosas eran diferentes. No había ningún problema, aunque no era muy buena en la cama; me excitaba dominarla, manejarla, manipularla a mi antojo. Pensar en la posibilidad de hacer mío ese cuerpecito otra vez, me excitaba. La vi un par de veces y pronto recordé por qué había terminado con ella. No había tema de conversación. Volver hubiera sido una pérdida de tiempo, un error. Para mi fortuna ella dudaba: no sabía si en verdad quería volver conmigo o si sólo se acercaba a orinar su soledad en mí. Aproveché esa duda y desaparecí.

Con las otras tres transcurrió todo muy rápido. Claudia era una chava que vendía perfumes. Me excitaba su finísimo y delgado cuerpo. Era la chica con la que verdaderamente me hubiera comprometido. Resultó que tenía novio y estaba enamorada. Me dio entrada de cualquier forma; si hubiera insistido tal vez habría pasado algo. Pronto me decepcionó con su actitud de chica-segura-que-todo-lo-tiene-bajo-control. No insistí. La invité a una lectura de poesía. Me dejó plantado. Aproveché también el detalle y no la busqué más.

Mayra me cayó bien. También tenía novio, pero salía conmigo. Le gustaba que le mostrara el lado sórdido de la ciudad. Jamás pensé más allá de un buen momento. Tendí mis redes y medio se resistió. Me di cuenta de lo que hacía y tampoco insistí. Ya no la llamé. No quería andar con ella, era demasiado masculina para mi gusto.

Laura había sido mi amante muchos años atrás. Tampoco quería nada con ella, pero estuve un tiempo para ver qué pasaba. Me acosté con ella y me convencí.

Me la pasaba bien platicando, no cogiendo. No me gustaba. También me le desaparecí.

Me di cuenta de que la mujer que me tenía obsesionado era Paulina, aunque sólo fuera una ilusión pagana. Sábado tras sábado la estuve buscando en La Rueda. Fracaso tras fracaso. Comencé a estudiar mis posibilidades. Si no era Paulina, ¿quién más podía ser? Le eché el ojo a otra vestida, a Carlita; era delgada, muy bonita. Me impresionaba verla, estudiarla y darme cuenta de que por ningún lado le encontraba el hombre que verdaderamente era. "Qué bonita está esa jota", decían las otras vestidas en La Rueda. Siempre lo afirmé. Un sábado que me quedé solo estuve a punto de tirarle el pedo. La esperanza de ver a Paulina desaparecía. Estaba a un par de metros de mí, platicando con unos jotillos menores. Bien podría haber llegado a platicar y estoy seguro de que no me hubiera rechazado. No tenía nada que perder. Siempre la había visto sola, jamás con un galán. David me habló en ese momento y ya no me le acerqué.

Mi opción *B* era Kenia, una vestida con una imagen putísimamente deliciosa. Me gustaba su personaje. Su trasero era increíble, aunque por supuesto estaba truqueado. El maquillaje extravagante la hacía parecer una mujer fatal. Su rostro, totalmente maquillado y su largo cabello con caireles y una diadema de princesa. Mascaba chicle y movía cachondamente los labios carnosos repletos de labial; las pestañas eran postizas. Todo el conjunto hacía de ella una verdadera perra. Era amiga de Victoria, la prima de David. Me la presentó y quedamos de vernos un día entre semana para entrevistarla. Ella accedió. Kenia era una chavita y era puta, qué digo puta, putísima, hasta cobraba. Fue la ganadora del Miss Gay Laguna 2005.

Ésa hubiera sido una buena opción a no ser porque un día David me confesó que le gustaba. Por supuesto que no le entendí; un gay y una vestida es como incesto, aunque los dos sean hombres y homosexuales. A ambos les gustan los hombres. No sé por qué a David le gustaba Kenia, que no sólo era vestida, sino una zorra. No quise intervenir, además imaginé el beso que quería darle a Paulina. Me imaginé besando los labios de Kenia y lo primero que me vino a la mente es que sabría a kilos y kilos de labial. Kenia era una verdadera vestida a base de maquillaje; debajo de todo eso, quién sabe qué encontraría. Eso iba a ser como besar a un payaso. Kenia era para verla, para masturbarse con su imagen, con su recuerdo, no para hacerlo con ella y sus mil artificios. Debajo no encontraría otra cosa que a un chavito y feo, según dicen que es.

Mi opción *C* era Miranda. Ésa hubiera estado de lujo. Su *look* era muy *fashion*. Delgada, bonita y sexy. Pude darme cuenta de que me gustaban esos jotillos jóvenes que lucen tan indefensos. La vi, me gustó y la dejé para después, como una alternativa. Cuando me animé resultó que se había ido a Panamá a visitar a su papá. Tuve que esperar.

Lo de Paulina era diferente, así que opté por buscarla un sábado más. Si no la encontraba la siguiente vez, cambiaría mis planes: dejaría de ir a La Rueda, seguiría escribiendo con imaginación, me buscaría una novia de verdad, una que fuera mujer y no "más que mujer", volvería al camino del bien, me reintegraría a la sociedad y haría como que nada había pasado.

Sí, cómo no. Ni yo me la creí.

Travestis, hipertelia y supermujeres

LEO:

La hipertelia es una extravagante palabra que debe sus orígenes a José Lezama Lima. Se refiere a todo exceso, a todo aquel organismo que rebasa sus propios límites, a todo aquel artefacto que desborda su propia función, a aquel movimiento que va más allá de su propio objetivo, al proyecto que supera su propia finalidad, dejando así de ser un proyecto y transformándose en un empuje, en una inercia, un empecinamiento. La hipertelia es a final de cuentas otra palabra para designar al "monstruo".

La hipertelia es un rasgo característico del barroco. Cuando un travesti se "viste" para ligar, para gustar, frecuentemente se encuentra y se descubre incapaz de detener esa "dulce locura" de pintarse, dibujarse, corregirse, de construirse detallada y minuciosamente, de inventarse otro cuerpo. La acción rebasa el objetivo, y el resultado mismo rebasa los límites de la tolerabilidad.

Este exceso en la preocupación, este empuje más correctivo que perfeccionista, como una fascinación suicida, tendrá un desenlace fatal la mayoría de las veces, porque el travesti, aunque ése sea su objetivo, no clonará a una mujer para suplantarla: su femineidad supera lo femenino. Esta femineidad más allá de lo femenino es lo que conocemos como hipertelia, y es lo que delata a un travesti. Es lo que hace que aquello que había empezado como la negación de su sexo se convierta en su más perturbante exhibición. Ocul-

tar al varón, borrarlo, desaparecerlo; dibujar encima de su cuerpo de hombre un cuerpo de mujer. Hipertrofiar la femineidad hasta volverla perfectamente inverosímil, grotesca e incluso agresiva no deja de ser paradójicamente una forma de enfatizarlo, un modo de mostrar a ese macho que se somete y se deja.

Corregir y perfeccionar el cuerpo es sacar del más crudo archivo imaginario el cuerpo fragmentado, la dispersión original de piezas y partes que luego se unen, no sin ostensibles y siempre frágiles artificios: un ojo más chico que otro, la nariz torciéndose ligeramente hacia un lado, un cuello muy corto, unas piernas muy largas; esto se entiende como una suma conflictiva, frágil y de mal gusto de ojos, cabello, labios, orejas. Esto es lo que en definición se considera un monstruo.

Extraña derivación de la sexualidad: los hormonales monumentos de la cultura de masas, como Cicciolina, Madonna, Marta Sánchez, Marilyn o Susana Giménez, son travestis en el sentido hipertélico. Todos estos organismos complejos resultan mutantes genéticos, imágenes sexuales nomádicas. Ahora, no necesariamente debe verificarse la deriva de un sexo a otro para que aparezca el barroco sexual. Los casos más simples pueden encontrarse en Raquel Welch, Liz Taylor, Joan Collins, Alejandra Pradón, Farrah Fawcett, Nacha Guevara y otras que hacen esta lista interminable.

Embellecerse o rejuvenecerse, agregarse o quitarse senos, afinarse la nariz, quitarse una costilla para enfatizar la cintura, endurecer las nalgas, almendrarse los ojos; todas éstas son acciones hipertélicas o travestis de exageración, que corrompen nuestra naturaleza. Todos podemos ser travestis de una u otra forma, independientemente de la sexualidad y los deseos. No es posible no tomar el make-up *(en el sentido de maquillaje, pero también de prótesis y de proceso de construcción o fabricación) como medida, sin importar que sea quirúrgico, químico, gimnástico o de vestimenta, ya que la diferencia entre estos procedimientos es sólo de grados y no de naturaleza: la fabricación de un cuerpo puede eventualmente ser el mantenimiento del cuerpazo infernal que Dios nos dio (conservarlo póstumamente, homenajearlo y cuidarlo más allá de su ciclo biológico: rituales de limpieza y aseo del muerto).*

Sergio

EN UNA DE TANTAS REDADAS que se solían hacer en la zona, Sonia fue a parar a la cárcel. Ahí conoció a Sergio. De inmediato se flecharon. Sonia se enamoró de él o al menos eso fue lo que pensó. Sergio estaba preso por un fraude en Banrural. Estaba guardado en la sección de "los considerados", una parte de la cárcel donde estaban los presos con mejores condiciones económicas. Entre sus privilegios ellos podían elegir a alguna mujer para que les hiciera el aseo de la celda. Sergio siempre elegía a Sonia. Le gustaba su porte imponente, su elegancia y su actitud de desdén, que sólo las divas pueden tener.

Sonia entraba y salía de la cárcel constantemente. A veces cometía alguna falta a propósito para que la encerraran y así poder ver a Sergio. Algunas veces simplemente iba de visita, sin necesidad de que la encerraran. En alguna de esas ocasiones la acompañó una amiga, Diana Barros. Sergio sintió atracción por la amiga y le preguntó a Sonia si podía pedirla para visita conyugal. Sonia se sentía torpemente enamorada, y pensó que debido a ese gran amor que sentía por él podía sacrificarse y permitirlo. Diana no dudó ni por Sergio ni por su amistad con Sonia: accedió de inmediato. A Sonia le caló en lo hondo, pero prefirió pensar que eso demostraba cuánto amaba a ese hombre. En esa relación nadie estaba enamorado. A Sergio le fascinaba el personaje de Sonia. A ella le atraía bastante, pero de eso a que fuera amor, nada.

Una de esas tantas noches en que Sonia se embriagó en la zona fue a parar nuevamente a la cárcel. Ahí conoció a un malandrín tatuado que se dio cuenta de la obsesión que tenía por Sergio.

—Si quieres te tatúo su nombre.

—¿A poco tú haces tatuajes?

—A huevo. Ira, éstos me los hice yo.

Y Sonia accedió a tatuarse el nombre de Sergio en la parte interior del muslo derecho, un lugar en que no se viera a simple vista. Cuando se lo mostró a Sergio no le gustó, se sintió incómodo. Después cambió de parecer.

—Sí me gusta el tatuaje —le dijo a Sonia—; así marcamos en el rancho al ganado para que sepan que es de uno. Así, si un día te me desapareces, todo mundo va a saber que eres mía.

Fue terrible la analogía de Sergio, pero en el corazón de Sonia surtió un efecto increíblemente amoroso.

Encuentro de Sonia con su hermano

DESDE QUE LLEGÓ A LA ZONA, Sonia no había regresado a su casa. La familia la buscó sin dar con ella, hasta que su hermano la encontró en el Molino Rojo. Tal como sucedió con Francisco, Sonia estaba con un cliente cuando vio llegar a su hermano.

—Permíteme papi, es de la casa, ahorita vengo —le dijo a su cliente y fue a despachar a su hermano.

—¿Qué quieres?

—Mi mamá está preocupada por ti.

—Pues dile que ya me encontraste y que estoy muy bien.

—Pero ve a la casa para que te vea.

—Mírame —le dijo Sonia, dándose una vuelta para lucirse—. ¿Crees que me parezco al que mi mamá conoce?

El hermano sólo la vio sin responderle.

—Mira, ten este dinero —le dijo su hermano.

Sonia se indignó.

—No quiero tu dinero. Yo tengo, gracias. A mí no me hace falta. —Y se lo regresó.

—No, quédatelo. Es por si un día no tienes ganas de trabajar o por si te quieres comprar algo.

Sonia volvió a tomar el dinero. Se despidió y se fue. El hermano se quedó ahí bebiendo. Todavía otra vestida llegó con Sonia para preguntarle por el muchacho.

—¿Y ese guapote quién es?

—Pues ya ves; hasta me dio dinero y por nada.

Sonia sólo se rió. No le dijo que se trataba de su hermano. Se quiso hacer la fuerte, pero en el fondo se sentía mal de que su hermano la hubiera visto así en ese lugar.

Reencuentro con Paulina

Llegué a La Rueda el sábado siguiente con poema en mano. No tardé mucho en encontrarla. Estaba cerca de la pista y los baños. Iba más guapa que la primera vez. Llevaba un pescador de mezclilla azul, un top igual al anterior, pero en lugar del cabello rojo suelto, ahora llevaba dos delgadas colitas que la hacían verse, además de coqueta, putísima. Me excité. Estaba con una amiga y bailándole a un tipo sentado que le manoseaba las nalgas; traía una rosa en la mano. De pronto, me molestó ver que Paulina estaba ahí bailando cachondamente para otro. Sabía que yo había sido exactamente nada para ella. Estaba seguro de que ni se acordaba de mí. Podía coquetear con cualquiera, no importaba con quién; ella iba a divertirse, no a enamorarse. Tuve miedo de mí. Me sentí un pendejo con el poema en la mano. Fui hacia el baño y pasé a un lado de ella. De regreso me le quedé viendo fijamente a los ojos. Me vio, se dio cuenta de cómo la vi. Mi mirada era un reto. No le hablé, me seguí derecho hacia donde estaba David. Me preguntó si me había visto. Le dije que sí, estaba seguro de que así había sido. No sé si ella entendió lo que le quise decir, pero sabía que algo había pasado.

Paulina no tardó mucho en llegar adonde estábamos David y yo, cerca de la barra. No llegó directamente. Se quedó a unos metros de distancia. David se fue para dejarnos solos. Me dirigí a Paulina. Cuando llegué dos tipos ya la estaban abordando. Los despachó de inmediato, me dio prioridad. No sabía ni quién era yo. Le dije que le había llevado lo prometido. Me lo pidió sin saber de qué se trataba.

—¿No sabes qué es, verdad?

—Ay, no, es que la otra vez andaba muy borracha.

—Es un poema, ten.

—Gracias, lo voy a guardar. Mañana lo leo.

—Léelo de una vez.

—Es que aquí no hay mucha luz.

—No, léelo ya.

El poema era de tres cuartillas, así que tardó en terminarlo. A duras penas las vestidas saben leer, y ¿poesía? 'Ta cabrón pedir que lo asimilen pronto, pero en fin. Cuando lo terminó me dio las gracias y dijo que al día siguiente lo leería con más atención.

—¿Quieres una cerveza? —le pregunté.

Y así comenzó todo. Desde ese momento ya no nos separamos. Me habló de su "ex marido". Le pregunté por qué me había dejado plantado y me di cuenta de que para ella no había habido tal acuerdo. Para ella fue algo sin importancia. En ningún momento pensó en mí, en cambio, yo no había dejado de pensar en ella. Le concedí el perdón pues ya estaba ahí conmigo y no me pensaba separar. Se lo dije. Le gustó. Bailamos la misma canción varias veces. Me besó. Estuvimos juntos todo el tiempo. Regaló todos mis cigarros. David de vez en cuando se nos acercaba. Se la presenté.

—Ya tengo pareja —dijo David, y se fue.

Al rato regresó para decirnos que ya había terminado.

—Esa jota es una loca —me dijo Paulina.

—Sí, así es ella.

—Qué bárbara.

Iban a dar las tres de la mañana. Cada quien andaba con su cada cual. Paulina y yo seguíamos juntos. Era buena señal. Paulina bailaba conmigo, me daba la espalda y me restregaba el trasero en la verga. Hacía que se me parara. Me cachondeaba a su antojo.

—Paulina, ya es tarde.

—¿Quieres que ya nos vayamos a dormir?

—Vámonos —le dije.

Me tomó de la mano y me condujo a la salida. No nos despedimos ni de sus amigas ni de David. Nos fuimos sin avisar. Cuando salimos, Paulina iba hacia el boulevard Revolución para conseguir un taxi. La detuve, yo traía mi carro que estaba estacionado frente a la Farmacia Guadalajara.

—¿A tu casa o a la mía? —me preguntó Paulina.

—Adonde quieras.

—A la tuya y después me llevas a la mía para que sepas dónde vivo.

—Ok.

¿Qué carajos estaba haciendo o qué chingados iba a hacer? Paulina obviamente no iba a mi casa a jugar a las canicas. Ella iba dispuesta a coger, ¿a qué más, si no a eso? ¿Estaba dispuesto a llegar a tanto? Un beso y un faje son una cosa, ya coger es diferente. Todo era mi culpa, ¿para qué me metía en eso? Ahora no me podía echar para atrás.

Cuando llegamos a mi casa Paulina estaba caliente. Yo muy tenso. Fajamos un rato en la sala. Por la incomodidad subimos a la recámara. De inmediato me desnudó. Ella trató de hacerme el rato placentero. No se desnudaba completamente para no evidenciar el acto de que no era mujer sino hombre. Aunque siempre lo supe, para ella era incómodo que la viera desnuda. De hecho, no quería amanecer conmigo para que no la viera a la luz del día y permitir que me arrepintiera.

—Esta noche voy a ser tuya, y todas las que quieras —me dijo.

Cogimos. No, miento. Ella me cogió a mí, si tenemos en cuenta quién tuvo siempre la iniciativa. Yo estaba nervioso, Paulina caliente. Mientras lo hacíamos sonó mi celular. No contesté, sabía que era David, de quien no me había despedido. El palo no fue tan sencillo. Acostumbrado a la lubricación de las vaginas, batallé en entrar. Paulina se tuvo que ensalivar el ano varias veces. Como pude logré entrar. Me gustaron el jadeo, la cooperación y la postura. Estaba completamente sometida a mí. Ese cuerpecito, en efecto, fue mío. Una vez que estuve dentro de ella todo fue más fácil, como cualquier penetración. El ano dilatado me dejaba entrar a mi antojo. Para ser mi primera vez con una vestida no me fue tan mal; un ocho, ni bien ni mal.

Seguimos platicando un rato, acostados, desnudos, ella semidesnuda, yo completamente. Hubo un momento en que se quedó dormida. La desperté para llevarla a su casa. Iban a ser las seis de la mañana. Afuera de su casa ya estaban vendiendo menudo para los que andan de amanecida. Paulina todavía se quedó platicando. Quedé en buscarla a las seis de la tarde. No pensaba dejarla ir nunca; me había enganchado.

Mimetismo sexual

LEÍ:

La clave *del maquillaje es precisamente solidarizar dos acciones contradictorias: exhibir y esconder. Oscar Wilde observaba que el maquillaje había cambiado dramáticamente de signo en poco tiempo: dejó de ser aquel recurso que enfatizaba y subrayaba el* esprit *o la belleza, para convertirse en aquello que oculta, disimula o disminuye la imperfección, la fealdad, la vejez (la misma idea moderna de perfección es esencialmente negativa: tiene menos que ver con ornatos, agregados y suplementos que con mutilaciones, recortes, pulimentos). Esto es importante pero no es decisivo. No solamente en el sentido un poco trivial de que exhibir algo es siempre una modalidad oblicua de ocultar otro algo, sino porque los afeites, el maquillaje y los recursos del mimetismo sexual parecen estar destinados a cobrar vida propia.*

A fin de cuentas, en Liz Taylor o en Alejandra Pradón siempre va a haber un cuerpo de mujer dibujado sobre un cuerpo de mujer, o una cara de mujer (joven) dibujada sobre una cara de mujer (vieja); son casos de lo que podría llamarse homotravestismo, una metamorfosis sexual donde no se verifica la transexualidad, pero es tan enfática como ésta: ¿importa acaso el sexo original desde el cual parte el travesti?, ¿o importan más bien el énfasis, el dibujo, el make-up, *el proceso de hacerse? Marta Sánchez, Marilyn. El cuerpo de una supermujer ha sido fabricado debajo de la cara beata y bonita de una niña boba, o al revés, la cara ha sido fabricada sobre un cuerpo. En cualquier caso, un ser asexuado y uno sexuado se unen y se mezclan para componer un monstruo deslumbrante, un barroco hipersexuado, teatral. En Madonna, por ejemplo, un cuerpo de hombre se va dibujando lentamente sobre un cuerpo de mujer.*

La obtención de la hipersexualidad pasa por una progresiva desfeminización del cuerpo, o mejor, por su progresiva masculinización. Es el mismo movimiento hipertélico del travesti clásico (heterotravestismo), la misma inercia, pero con una inversión de su sentido: no hay una tachadura de la mujer detrás del cuerpo macizo, rellenado (con sus agujeros tapados) y musculado del varón, sino la exhibición paradójica de una femineidad que no es solamente fálica, sino sádica y carnívora: la mujer que pega, que somete, humilla y penetra, la imposible erección femenina, la imposible erección perpetua (los recursos enfáticos, siempre obvios son una característica del barroco; recuerdo los picos, duros y filosos, del corpiño metálico de Madonna).

La cultura televisiva está llena de organismos interesantes, en ese sentido. Azúcar Moreno: textos eróticos y provocativos, cantados por Antonia y Encarnación —las siamesas del placer, la bizarra gitana doble— a una sola voz y con una sola enorme boca. Realizaron el sueño no sólo de una supermujer, sino de una estéreo mujer, una sirena especularizada, un doble de cuerpo por gracia de una magia genética, una especie de partenogénesis coreográfica.

Sonia regresa a casa

EL REGRESO DE SONIA A SU CASA fue algo no planeado. Completamente ebria y empastillada, una noche sintió que se le cansó el caballo. Tomó un taxi y se fue de la zona. Llegó a la casa. Su mamá estaba afuera con unas amigas. Sonia buscaba las llaves cuando su madre se le acercó para preguntarle qué deseaba. No la reconoció. Ahí se le borró el *cassette* a Sonia.

Cuando despertó no sabía dónde estaba. Lo primero que pensó fue que todavía estaba en la zona, en alguna cantina. Prendió la luz y se dio cuenta de que estaba en casa de su mamá. Sintió miedo. Se vio aún vestida y maquillada. No supo cómo había llegado ahí, ni por qué. Se volvió a dormir. Cuando se levantó en la mañana su mamá estaba molesta y avergonzada. Su madre no la había visto nunca vestida de mujer; ésa fue la primera vez. Lo que más la apenaba era que las vecinas se habían dado cuenta. No le gustó la idea de que se vistiera de mujer. La hermana de Sonia llegó a la casa y su mamá la puso al tanto.

—Mira éste, que anoche llegó y vestido de mujer.

—Ay, mamá, déjalo. Así es feliz.

—Pero es que, qué vergüenza, yo estaba afuera con las vecinas...

—Bueno, y ¿cómo se veía?

—Ay, hija, mira, mi retrato de cuando era joven.

Con el paso de los días la mamá de Sonia lo superó. Finalmente le daba gusto tener a su hijo de vuelta en

el hogar. Ésa fue una temporada en la que Sonia quería retomar el camino. La mandaban los fines de
semana a Durango con una tía, supuestamente para
desintoxicarse. Allá en Durango fue donde conoció al
gringo aquel, que llegó a ser su marido por varios años;
pero ésa es una historia para contar más adelante.

David

Faltan cinco minutos para las nueve de la noche. Estoy en la entrada del Canal de la Perla, ubicada en la calle Cepeda, donde quedé de encontrarme con David. Hay un vagabundo tirado afuera del Scotiabank; sólo viste un pantalón mugroso, no trae zapatos ni camisa, y usa dos botellas vacías como almohada. Hay dos jotillas sentadas en los escalones del banco, como que esperan a alguien, a un mayate, tal vez. Una chava muy guapa pasea a una niña. La luna está en cuarto creciente, lo que augura una noche demencial. En la Plaza de Armas el acostumbrado baile popular está a todo lo que da. A la distancia sólo se ve una masa uniforme de sombreros que suben, bajan y van de un lado a otro siguiendo la música. Tres ebrios descamisados salen al balcón de un cuarto del Hotel Galicia con caguama en mano, y saludan a alguien a gritos. Definitivamente la noche promete.

David llega corriendo a las nueve en punto, tal como quedó. Vamos a ir a La Rueda, me va a llevar a explorar el mundo de las vestidas. Cruzamos la Plaza de Armas y cuando pasamos por los baños públicos me dice que ése es un lugar de encuentro con mayates. Tipos que sólo están parados ahí haciéndose pendejos hasta que llega un maricón a solicitar sus servicios. La Plaza de Armas, la avenida Morelos y la Alianza rescatan a Torreón del tedio y el aburrimiento. Andar por ahí de madrugada nos revela otra realidad de la ciudad. Los mayates, los homosexuales, las prostitutas, las vestidas, los policías, los autos que dan vueltas para ver a quién levantan, todo ese mundo tiene sus propias reglas, códigos que David me enseña. En el camino David me cuenta que la noche anterior se encontró a un chavo de dieciocho años parado en una esquina.

—Y ¿tú qué? —le preguntó David.

—Nada, voy a mi casa, pero no traigo dinero para el taxi.

—Y ¿qué, sí jalas?

—Simón.

—¿Cuánto?

—No sé, es la primera vez que lo hago. Dame cincuenta pesos.

—(Todos dicen lo mismo, Óscar —comenta David—. Siempre hacen como si fuera la primera vez, pero nunca les creo.) Y ¿qué incluye?

—Pues... unas mamadas.

—¿Tienes dónde?, yo no tengo.

—Tengo un lugar secreto en un edificio arruinado.

—(Pues ¿no que era su primera vez? ¿Ya ves?, hasta tenía donde coger —me dijo David—.) Bueno, y ¿si quiero coger?

—No pos dame doscientos.

—¡Ah, chingá! Te doy cien si quieres.

—Bueno.

—Pero te voy a coger yo a ti.

—Nel, yo no le hago a eso. No soy puto.

—No, si yo tampoco. En Torreón nadie es puto. Todos somos bien hombres.

—...

—¿No, pues?

—...

—Ten, ahí te van veinte pesos para tu taxi, ya vete.

—Y me fui, Óscar, ya no me lo cogí. Tenía dieciocho años. ¿Para qué se hacen pendejos? Bien que les gusta pero se hacen güeyes. Por eso siempre les salgo con que estoy casado y tengo dos niñas. Les digo: "Mira, a mí tampoco me conviene que se sepa". Y es el modo como caen. Vas a ver, pinche Óscar, ahorita que lleguemos a La Rueda, ahí sí es otro pedo. No-ooo, no sabes, la primera vez que fui pensé: "De aquí soy". Y ya no voy a otro lado.

—¿Cómo estuvo lo que me contaste de los baños del Mercado Juárez? —le pregunto.

—Aaaah, ira, fui a cagar ahí. Pagué mis dos pesitos y me metí. Estaba cagando y otros güeyes se metieron detrás de mí. Se estaban asomando por una rendija, yo les echaba agua. Ya cuando acabé, salí, y ahí estaba un cholito que vende camisetas. Le dije que pasara. El cholito se metió al baño, se sacó la verga y me la empezó a enseñar. Quería que se la mamara. Le dije que no traía dinero —quería veinte varos—, que sí se hacía, pero que no le iba a dar nada. Estuvo de acuerdo, y se la mamé ahí. Es que los baños públicos son el lugar de encuentro. En todas partes, en el mercado, en la Plaza de Armas, en las Sorianas, en el cine 2001, ahí está todo el mayaterío. Ahí va uno a conectar. Ahí he agarrado a varios.

—Órale.

En nuestro recorrido primero llegamos al París. Dejamos el carro frente a la Farmacia Guadalajara por la iluminación. El París está a la vuelta de la Plaza de Armas, por la calle Zaragoza.

—Aquí dejan sus carros todos los rucos que van al París, pinche Óscar; según esto para disimular. Es que al París van puros rucos gays, casados, que tienen familias y trabajos chidos. Hay doctores, licenciados, ingenieros. Ahí está más calmado, pero vamos para que conozcas.

Entramos y en una tele estaba el futbol y en otra, una película porno, no gay. Disimulan. Parece una cantina normal, pero no. ¿Los rucos? Ninguno parece gay, pero todos son. De repente llega uno que otro chavo que sí tiene toda la pinta de maricón, pero los rucos se ven muy hombres.

—En la noche, Óscar, cuando cierran, el dueño junta a sus chavitos y andan todos encuerados pisteando; a mí me tocó verlos una vez. Pero de a madre, cabrón, neta, no te va a faltar material para tu novela. Torreón está lleno de putos.

En la plática hablamos de las pedas, de cómo nos poníamos a veces y de las estupideces que hicimos. Me contó que en una ocasión se puso hasta la madre en una fiesta. Era su primera fiesta gay. Estaba pedísimo, de pronto llegaron tres putos, lo subieron a un cuarto y entre los tres se le cogieron. Dijo que hubo un momento en que nada más veía vergas por todos lados. Sus primeras veces. Luego me contó de otra fiesta en Gómez Palacio, en la colonia Felipe Ángeles.

—Yo ni sabía que existía esa pinche colonia —dijo David—. También andaba bien pedo. Me salí de la casa y vi que había un montón de cholos en la esquina. Se me hizo fácil ir a pedirles mota. Un pinche cholo negrote, como de uno ochenta, mamado, me dijo que no tenían pero que él me conseguía. Le pedí veinte pesos, y me respondió que nomás me conseguía de cien para arriba. Le dije que no.

—¿Qué, quieres que te coja? —me preguntó el cholo.

—Simón —le contesté.

—Está bien, espérame a la vuelta.

Nos vimos en un parquecillo que sólo tenía tres árboles y unas bancas. Ahí se la empecé a mamar, pero estaban pasando muchas patrullas. El cholo me dijo que nos fuéramos a otro lado antes de que hubiera pedo. Me llevó a la azotea de una caseta de policía abandonada. Estaba toda llena de vidrios. El cholo se encueró ahí, estaba bien mamado, fuerte, grandote.

—Chúpame la cola —me pidió el cholo.

—¿Qué?

—Quiero que me chupes la cola.

—¿De jodida te bañaste?

—Nel.

—Bueno, ni pedo.

Le empecé a chupar la cola y después me dijo que me lo cogiera. Pinche cholote, si son bien putos los güeyes, nomás que se hacen. Me lo estaba cogiendo y de repente empezaron a aventar piedras.

—¿Qué pedo? —le pregunté.

—Son mis compas.

—Pues diles que no mamen, que dejen de tirar.

En eso el pinche cholo se levantó, agarró un vidrio y me lo puso en el cuello.

—Ya no te hagas pendejo —me dijo—, presta toda la lana que traigas.

—No mames, no traigo nada. Búscale en los pantalones para que veas que no traigo dinero.

En ese momento me cayó el veinte. "¿Pos qué chingados estaba haciendo?", pensé. "Pos si me va a cargar la chingada aquí, pos qué forma de morir tan poco digna, pero ni pedo." En ese momento no me asusté, no perdí la calma.

—Y luego ¿qué les digo? —me preguntó el cholo—. Van a decir que soy puto, que nomás te traje a coger.

—Pues diles que no traigo lana. Y es más, mira, conmigo te conviene portarte chido. Yo tengo buen jale en el gobierno; me pagan bien. Déjame ir y yo luego te aliviano chidote.

—'Ta bueno pues, pero mámame la verga.

Y pues se la seguí mamando ahí en la azotea. Ya estaba saliendo el sol y nosotros ahí en pelotas.

—Ira —me dijo el cholo—, ya te saco; si no me cumples con la lana, te va a cargar la verga, neta.

—Sí, güey, ya te dije que sí.

Pinche cholo pendejo. Habíamos quedado de vernos ese día en la feria de Gómez en la noche. A huevo que no iba a ir. De aquí a que me encontrara iba a estar bien cabrón. Todavía le tumbé veinte pesos para el taxi. Le dije que también se los pagaba en la noche. Me los dio y me fui.

Cuando David terminó la anécdota, pagamos y nos fuimos mejor a La Rueda. El París estaba muy calmado.

¡Santa patrona de los travestis!

1. La pasión

"¡Santa patrona de los travestis!", fue lo único que pudo decir al sentir el intenso dolor que producían las balas que entraban en su pecho, quemando y rasgando los suaves tejidos de su cuerpo. Intensificaba más su agonía la rara sensación de percibir cómo sus implantes se vaciaban, dejándole dos cueros aguados, en lugar de lo que un día había sido la envidia de todos los transexuales de la quinta avenida.

"¡A la gran puta! Tanto dar el culo y todo en balde… Ni voy a lucir las tetas en el funeral… ¿Por qué no me dio en la verga? Eso sí quería quitármelo, pero… no…", pensó mientras estaba tirado en el suelo, viendo cómo la poza de sangre mezclada con el silicón de sus implantes se deslizaba por el declive de la calle; formaba un riachuelo que produjo el último sonido que escucharía antes de morir. Así evocó el recuerdo de su imagen reflejada en el espejo del sucio cuarto de puta en donde vivía, cuando se lavaba los dientes después de una larga jornada de trabajo para limpiarse el semen de múltiples cerotes con la esperanza de que no se le pudriera su linda sonrisa. Mientras tanto, el agua café por él oxido de las viejas tuberías caía al lavamanos y producía el mismo sonido que el de su sangre ahora al caer en la reposadera llena de meados de borrachos, cagadas de indigentes y bolsas de McDonald's.

La turba de cristianos que había ido con la sagrada misión de asesinar al maldito blasfemo, al ver el cuerpo tendido en la calle, tiró al suelo la caja de madera que usaba como tarima para poner a la venta sus estampas religiosas y los folletos doctrinarios de la nueva religión. Uno de los miembros del Cuerpo de Cristo (entiéndase uno de los furiosos linchadores) le echó gasolina al material subversivo, otro hermano (entiéndase otro linchador igualmente enajenado por la furia) le tiró un fosforazo purificando con el fuego los sacrilegios escritos en esos papeles.

El sacerdote que los guiaba guardó entre su sotana el revólver al darse cuenta de que ya le había descargado todos los tiros al maldito hereje... Maldito sólo por ser hereje y no travesti, pues el sacerdote sabía muy bien que a veces todos los hombres tienen la necesidad de sentir en sus piernas el calor que unas pantis proporcionan, o la seguridad que un calzón de seda le da a la persona cuando roza la piel de su flácido pene jalado hacia atrás, igual que el calzón rojo de encajes que llevaba en ese momento bajo la sotana negra, larga y sepulcral.

Al irse la congregación de santos penitentes (entiéndase turba linchadora), la gente se acercó a ver el cuerpo bañado en sangre. Todavía jadeaba débilmente y se oía cómo se estaba ahogando con su propia sangre, pues había quedado boca arriba. Nadie quería tocarlo, porque a pesar de estar todo ensangrentado, se podía ver que era un hombre, ya algo viejo, vestido de mujer, o más bien dicho, de puta barata, lo que indicaba que no era más que un homosexual sidoso. Sólo un borracho todo mugroso y hecho mierda se le acercó trastabillando al ver que el morro hacía gárgaras con su propia sangre, y se rió por lo chistoso de la escena.

(Visualice el lector —después de haber tomado media botella de alcohol de farmacia diluido con un poco de agua sucia, extraída de la cubeta de algún lava carros del centro— *a una pisada que se parece a Madonna, sólo que más vieja y acabada, toda ensangrentada y tirada en la calle. Una pierna se le torcía hacia la cadera, pues uno de sus tacones se había trabado en la alcantarilla en donde su sangre y silicón escurrían. La peluca canche de pelo largo quedó al lado de su cabeza pelona, que solamente conservaba un poco de pelo en los lados, sobre la nuca y sobre las orejas, igual que un samurai de una película de Kurosawa, o que un abogado gordo y alcohólico, de esos que uno se encuentra en la torre de tribunales. La minifalda estaba levantada; enseñaba unas piernas algo secas y musculosas, pero pasables. Al subir la vista a su ropa íntima, justo debajo del encaje, un bulto tan grande que denotaba un pene y unos testículos que podrían ser la envidia de todos los levantadores de pesas del centro olímpico... ¡Je!... qué ironía, ¿no?...; además, el top de cuero le quedaba aguado, pues en lugar de unos pechos copa D, tenía dos pellejos desinflados. ¿Ahora sí se le ve lo chistoso?... Bueno, qué pisados, sigamos.)*

El bolo, riéndose, se acercó al infeliz. Le ayudó a sacarse la sangre de la boca para que pudiera respirar. Le ladeó la cabeza con la punta de su asqueroso zapato, dejándole una mancha negra de caca de perro en la mejilla, pero que para efectos de eficiencia cumplió muy bien con su cometido, pues la sangre que tenía en la boca salió derramándose en la calle... pero ya no respiró... Había muerto.

2. *La revelación*

[1] *Un domingo en la noche volví temprano a mi cuarto porque había empezado a llover y bajo la lluvia nadie o casi nadie busca sexo, como si una cosa tuviera que ver con la otra. No sabía entonces que hasta esa lluvia a la que maldije estaba dispuesta por los designios de Dios, cuyos*

caminos son insondables. Al regresar prendí la televisión y me puse a buscar algo que me gustara; de repente vi que estaba empezando un programa sobre las manifestaciones de la Virgen María.

¹¹ Me quede un rato viéndolo, pero me empezaron a dar miedo las profecías del fin del mundo y los "arrepiéntanse pecadores pues el crujir de dientes está próximo…". No se imaginan la impresión de desamparo que estos sermones pueden producir en un travesti, y puto por añadidura. Me imagino que debe ser similar para los drogadictos, alcohólicos o cualquiera de los que conformamos la categoría socialmente denominada como escoria social. Iba a cambiar de canal cuando enseñaron una estatua de la Virgen que lloraba sangre.

²² "¡Oh, Dios!", dije al ver que a la imagen de piedra le brotaban gotas de sangre de los lagrimales. Me estremeció tanto contemplar estas imágenes que me tiré al piso invocando el perdón de Dios por ser un pecador, un maldito homosexual que vende su cuerpo y pretende ser lo que no es, aunque esto sea lo que más desee en el mundo, y se complazca y consienta en su completa perversión. Le prometí a Dios dejar de querer ser mujer, pues me había hecho hombre. Empecé a restregarme la cara desesperadamente, tratando de quitarme el maquillaje de los ojos, cuando de pronto oí entre mis sollozos algo que me dejó en silencio. Traté de entender lo que habían dicho en la televisión: "Las pruebas revelaron que ésta sí era sangre humana, pero era sangre masculina".

³³ Poco a poco fui entendiendo, hasta que por fin comprendí lo que esta revelación indicaba, y me invadió el gozo. El Espíritu Santo entró en mí para revelarme su mensaje: la Virgen María no es más que un travesti; la elegida de Dios es un transexual, como yo. Toda mi vida me habían dicho que no era más que una escoria pecaminosa, pero esto no era más que un engaño que el enemigo Satanás ejerce sobre todo el mundo. Lo que es llamado perdición es en realidad la salvación; el pecado se convierte en la virtud por la gracia divina. Poco a poco fui descubriendo la verdad en la medida en que Dios me quitaba la venda que la sociedad me había puesto sobre los ojos, para que no pudiera descubrir la realidad.

[44] Pasé varias semanas pensando diversas cosas que fui comprendiendo, como por qué Jesucristo sólo había tenido apóstoles y no quería a las mujeres a su lado, siguiendo el ejemplo de su virtuoso padre José, quien se había casado con un travesti que se llamaba María. Por la misma razón, el pato Donald nunca se casa con Daisy, pues para qué quiere una pata hembra, si tiene a los tres sobrinos varones. Pensé en la verdadera naturaleza homosexual y pedofílica de la Trinidad, pues del gran amor del Padre por el Hijo surge el Espíritu Santo, fruto de la relación de ambos seres masculinos. Toda la creación se abría ahora para que la leyera y la interpretara a través de mi mirada travesti, desentrañando la verdadera belleza oculta de todo el universo creado por un Dios homosexual.

3. La canonización

Y ahora, con ustedes la sección de noticias internacionales, gracias al gentil patrocinio de Nirvana©, los únicos cigarros de marihuana con matadora incorporada. Muy buenas noches.

A diez años de la muerte del fundador o, mejor dicho, fundadora de la Iglesia Universal de la Transexualidad se ha organizado una gran cantidad de homenajes conmemorando el asesinato del más famoso travesti de la historia: René Leonel Villatoro, conocido como la Shakira.

Aunque los ataques a esta nueva religión no han cedido en su intensidad y frecuencia, ya son quinientas sesenta y tres las iglesias que se han establecido a nivel mundial. Su sede se encuentra en el estado independiente de Sodoma en la ciudad de San Francisco. El sumo jerarca travesti, llamado Lucí I, ha declarado un jubileo por haber canonizado al Shakiro como el primer santo mártir que ha muerto al difundir las enseñanzas del único y verdadero Dios-Homo. Las estatuas del ahora San Shakiro serán llevadas a los altares de todas las iglesias de esta denominación religiosa; serán colocadas en uno de los muros laterales, pues al frente, sobre el altar de todas las iglesias, está la imagen del Padre teniendo relaciones sexuales con el Hijo y de ambos emana el Espíritu Santo en la forma de una eyaculación facial.

Para este magno evento se ha dispuesto hacer procesiones con la imagen del Santo: una estatua de dos metros recostada en un poste de luz con sus tacones altos, su minifalda de cuero y la mano en la cintura en una pose provocativa, pues según la santa sede esto resalta su devota entrega al servicio de la prostitución travestista. El anda será llevada en hombros solamente por hombres vestidos de mujer, aunque se permitirá que los cargadores no usen tacones.

Una candela especial, con forma de un falo venoso, se hizo para la alabanza del nuevo Santo. Está hecha de condones reciclados, pues según el santo padre esta oblación complacerá más al Dios-Homo, ya que produce el humo de la protección que sus hijos verdaderos usan al tener relaciones homosexuales, para no contagiarse del virus del sida, creado por la sociedad heterosexual corrompida con la finalidad de acabar con el pueblo del Señor.

Y sin más información por el momento se despide de ustedes Estuardo Prado, esperándolos en la emisión nocturna de este noticiero a las 22:00 horas. Muchas gracias por su atención y hasta luego. Clic...

Ésa es la mujer de la que yo me enamoré

SONIA LLEGÓ A DURANGO CON SU TÍA. Ahí no se vestía, iba como hombre. Intentaba dejar a un lado ese personaje llamado Sonia. Un día salió a pasear con unas amigas por la calle 20 de Noviembre. Vieron a cuatro chicos en una camioneta que de inmediato les gustaron. Eran rancheros, sombrerudos, vestían ropa vaquera; eran estudiantes. Dos de esos chicos eran gemelos.

—Somos de Santa Marina, Durango —dijo uno de ellos.

—¿De veras? Y ¿no conocen a Sergio de Rodeo, Durango? —le preguntó Sonia.

—Es mi carnal —respondió uno de los gemelos.

—¿Es uno que está preso en Torreón por un fraude en Banrural? —siguió preguntando ella.

—Estaba, ya salió.

—Yo lo conocí ahí, en Torreón. Si lo ven, díganle que me conocen; tengo ganas de verlo.

—Sí, seguido viene. Es que tenemos una gasolinera y viene a darnos para los gastos.

Así quedó la charla. Después de unos días, los gemelos le comentaron a Sergio que habían conocido a Sonia. A Sergio le dio gusto la noticia, pero no comentó nada sobre su relación con ella. Además, los gemelos habían conocido a Sonia no como mujer, sino como hombre. Concertaron la cita y se dio el reencuentro. A Sergio le dio mucho gusto volver a ver a

Sonia, pero se contuvo ya que Sonia no iba vestida de mujer. Era como si se hubiera encontrado con otra persona.

—Y ¿dónde está esa muchacha bonita que a mí me gustó? —le preguntó Sergio.

—Esa muchacha ya pertenece al pasado.

Sergio la invitó a salir bajo una condición: que fuera vestida de mujer.

—¿Ya no tienes nada de la ropa que te ponías?

—No, aquí ya no.

—Y ¿no podrás conseguir nada?

—Pues déjame ver qué consigo para la noche.

"Déjame ver qué consigo", eso lo dijo como si le fuera a ser muy difícil la tarea, aunque sabía que de inmediato se las arreglaría. Sonia se moría de ganas de resurgir; cualquier pretexto era bueno. De inmediato fue con sus amigas a que le prestaran ropa y maquillaje.

Ese día se fueron a beber a un hotel de la calle Negrete. Sonia llegó de hombre con sus cosas en una bolsa de Soriana. Entraron y Sonia se encerró en el baño para arreglarse. No dejó que Sergio la viera realizar su transformación. Como toda novia, no dejó que la viera hasta que estuviera lista. Al salir del baño, era otra vez Sonia, la de antes. Se vistió con una blusa de rayas rojas, con tres holanes en las mangas y uno grande cruzado al frente. Se recogió el cabello y usó una trenza postiza. Traía unas arracadas grandes de fantasía, una falda blanca, recta y zapatos blancos de tacón. Se puso también muchas pulseras de fantasía. Como calzaba del cuatro, no tuvo mucho problema para conseguir zapatos de su número.

—Ésa es la mujer de la que yo me enamoré —le dijo Sergio.

Le encantaba verla, admirarla. Le pedía que caminara por la habitación para desmenuzarla, volvérsela a grabar en la mente así como la conocía, como Sonia, esa diva encarnada que lo enloquecía. Esa noche bailaron, bebieron y fue la única vez que tuvieron sexo, todo debido al calor de la noche que acompañaron con una botella de Ron Huasteco. Después acabó la historia: Sonia tuvo que regresar a Torreón para volver a intentar sepultar a su personaje. Sergio obviamente no pensaba quedarse con ella.

Bórder

Mi relación con Paulina no iba a ser nada fácil, y lo supe desde siempre. Fuera lo que fuera y aunque nos lleváramos bien, aunque me inspirara ternura, ella no dejaba de ser un bórder. Las advertencias estuvieron presentes desde el principio. A Paulina le gustaba beber, bailar y divertirse; le gustaba imponerse, no le gustaba que le dijeran cómo comportarse. Yo no quería cambiarla, pero sí me hubiera gustado poder sacarla un poco de la sordidez. Estaba dispuesto a darle una mejor vida, darle el amor que le habían negado, pero para ella eso no significaba nada. Pronto me di cuenta. Ella vivía feliz con su vida así como estaba. Yo sabía que lo iba a lamentar, que me iba a obsesionar y que las cosas no iban a salir bien, pero finalmente yo también era un bórder, por eso atraía a ese tipo de engendros. Lo supe desde la primera vez que nos fuimos juntos, lo supe cuando la vi nuevamente y la encontré bailando mientras le agarraban las nalgas, cuando no me recordaba. A Paulina le gustaban las aventuras, era una loca, una *freak*, y yo definitivamente no me quedaba atrás; bien podía enseñarle unas cuantas cosas.

Una noche en su casa me confesó que me iba a mandar al carajo después de la primera vez que cogimos. El domingo posterior estuvo pensando en mí y lo tenía decidido, simplemente me iba a decir que no volviera más, que lo dejáramos así. Paulina no se quería comprometer. Había pasado un buen rato, pero hasta ahí. Para mi fortuna o mi desgracia, no lo hizo. Cuando me vio llegar a su casa me dejó pasar y todo continuó. Una bórder siempre toma decisiones que la conducen hacia la desdicha, el dolor. Cuando se les presenta una forma de salvación la rechazan, le huyen; sólo en el sufrimiento y el dolor se sienten vivas. Yo no iba a poder con eso, es decir, sostener una relación con alguien que constantemente busca la desdicha. Suficiente trabajo tengo conmigo como para cargar con ella, el trabajo iba a ser doble. El éxito de la relación recaería en mí.

Un viernes me llamó para decirme que de pronto le había salido un show, un show travesti. No me invitó. Sólo me llamó para decirme que no iba a estar en su casa, que llegando me llamaba. Ese día estuve aburrido, pensando en ella; el hecho de que me cancelara me arruinó toda la jornada. Yo no había hecho ningún plan. Además, como todo un idiota, me quedé esperando su llamada. Sabía que no me llamaría, que estando en la fiesta se olvidaría por completo de mí. Quedó de llamarme a las diez; me dormí a la una y Paulina no había llamado.

Su mundo la atrapaba, no podía simplemente dejarlo atrás para estar conmigo. Lo que no me gustó fue que no me invitara. Yo no le prohibía nada, no quería cambiarla, no quería que dejara de ser quien era; de hecho me gustaba así, pero ¿con qué carajo derecho me prohibía su mundo?

Las cosas supuestamente se iban a formalizar. Me iba a presentar a su familia y yo sin el menor problema había accedido. Nada de eso sucedió. El miércoles, antes del día del show, no fui a verla; le avisé con anticipación para que no me esperara. Al día siguiente que la vi me contó que la había visitado su ex. La escuché atentamente. Supuestamente le dijo que ya no la buscara porque ahora estaba conmigo. No me convencieron sus palabras. A mi parecer le dejó abierta la posibilidad. Lo había rechazado, pero no de forma contundente. Mi inseguridad estaba ahí; sentí que en cualquier momento me podía mandar al carajo para volver con su ex.

Paulina no me daba confianza, no sentía que hiciera gran cosa para tenerme contento. Las vestidas reciben a su galán con *glamour* para no decepcionarlo, ella no era así conmigo. Creo que mi relación tendría que haber sido más fría desde el principio, más distante. En cambio, llegué y le entregué todo de trancazo. Pronto me tomó la medida o no le importé mucho en realidad. El asunto es que yo no veía que se preocupara por no perderme.

En esos momentos me sentí idiota y vulnerable. Pensé en Graciela, bien podía estar haciendo lo propio para conquistarla. Era mujer y estaba buenísima, me gustaba, aunque yo ya había elegido obsesionarme con una vestida. No puedo negar mi lado bórder. Lo peor del asunto es que yo sabía que Paulina seguía clavada con su ex vato, aunque una vez que se lo pregunté me contestó:

—A ése no lo quiero ni para limpiarme después de que te hayas venido encima de mí.

Volví a mi teoría de "dime de qué presumes y te diré de qué careces".

Me sentía muy por encima de él, pero sabía que había una desventaja: ella estaba obsesionada con él. Me sentía superior en el aspecto de que yo la respetaba, la aceptaba como era, tenía cariño para darle. El otro sólo la quería para coger, incluso ya tenía a otra morra, pero seguía buscando a Paulina.

Era obvio, sólo en los cuentos de hadas el bueno es el que se lleva a la princesa. La realidad dista mucho de ser un cuento de hadas. La realidad es de hadas corrompidas.

La pulsera milagrosa

En una de sus andanzas Sonia llegó a la zona de Saltillo. Sumida en su personaje no llegó a juntarse con los gays sino con las prostitutas. Llegó a un bar llamado El Cadillac, uno de los más corrientes; ahí conoció a una puta que le aconsejó que mejor se fuera al Copacabana, que se suponía era de los mejores. Sonia fue y habló con el dueño, que le dio permiso; le asignó un cuarto y le comentó que "la sala" comenzaba a las once. Eran las tres de la tarde, la hora en que todo mundo apenas despertaba. Se fue a comer. Después regresó a su cuarto a descansar para arreglarse e irse a trabajar.

Esa noche salió a trabajar con un pantalón blanco y una blusa tres cuartos que le daba a la rodilla, justo donde empezaban las campanas del pantalón. La blusa era color naranja. Usaba collar y aretes de perlas. Otra vez las perlas; siguió sin hacer caso a los malos augurios. El cabello lo traía rubio y recogido en un chongo. Apenas llegó, se sentó en el Copacabana y la sacaron a bailar. Sonia destacaba junto a las demás prostitutas. Llegaron unos árabes a beber y platicar de negocios. Uno de ellos le mandó una copa a Sonia, quien de inmediato fue a su mesa para agradecérselo. El árabe la despachó diciéndole que más tarde le invitaría más, pero que por el momento lo dejara con sus amigos para platicar de negocios. Sonia sintió el rechazo y regresó a su mesa. Así, bailó con uno y otro cliente sin que el árabe se mostrara interesado en ir a buscarla.

En la plática Sonia le confesó a una prostituta del lugar que en realidad era un hombre. Se corrió la voz de inmediato hasta llegar a oídos del árabe, que al enterarse fue a buscarla. Era tarde y le dijo que salieran de la cantina por lugares distintos para encontrarse afuera. Sonia salió y el árabe tardó. Estaba a punto de irse cuando por fin el hombre salió. Le dijo que aún se iba a tardar más; le dio dinero para que cenara mientras tanto. Entonces se empezaron a besar y pichonear. En el manoseo Sonia le sacó la cartera al árabe. Éste no se enteró, y entró de nuevo a la cantina. Una vez sola, Sonia abrió la cartera y vio la enorme cantidad de dinero que traía. Se asustó y paró un taxi que la llevó hasta Monterrey.

En Monterrey, con todo el dinero, Sonia se compró mucha ropa. Además se compró una pulsera de oro de monedas de diez centavos. En ese tiempo le costó mil quinientos pesos, lo que era un dineral. Le encantaba usar blusas de manga larga para que sobresalieran las pulseras e hicieran juego con sus manos arregladas, con sus uñas largas y bien pintadas. Le gustaba el ruido de las pulseras en sus muñecas, le parecía un sonido completamente femenino. No le gustaban mucho los anillos, menos los de colores, porque le parecía que la acorrientaban.

Después de sus compras se acordó de la India, una vestida amiga suya que le había enseñado varios de sus secretos. La India era de Pánuco, Veracruz. Era idéntica a Rarotonga. Sabía que en ese entonces radicaba en Tamaulipas, y se fue a buscarla; llevaba todavía bastante dinero. La encontró en Ciudad Victoria. El dinero les duró muy poco debido al derroche que hicieron. Una vez que se vieron limpias, la India se llevó a Sonia a talonear a Ciudad Mante. Los burdeles de ahí se encontraban lejos de la ciudad, cerca de los sembradíos. Entraron las dos a trabajar en un burdel de una mujer llamada Rosa Rocha. Entraron a trabajar como damas. Sus clientes eran hombres de campo que llegaban sudorosos después de la jornada. No duró mucho ese trabajo, ya que tuvieron que salir huyendo después de que la India le robó un reloj a un cliente. La India no podía regresar a Torreón por un robo similar. Sonia sí tenía que volver, así que se despidieron ahí mismo.

En el camino de regreso el camión en que viajaba Sonia hizo una parada en Paila. Ella llevaba un neceser, una maleta y un saco negro. Vestía pantalón negro y botines; llevaba el cabello recogido y estaba bien maquillada. Hacía frío. Ahí subieron dos hombres que le pidieron que bajara del autobús. Sonia no les hizo caso, pensó que se trataba de dos hombres que querían con ella o algo así. Llamó al chofer del autobús, quien también le pidió que bajara. A disgusto lo hizo. Apenas bajó la esposaron. Habían pasado dos meses de lo del robo del árabe, así que Sonia no lo esperaba. La detenían por esa razón. De inmediato la subieron a un Plymouth del servicio secreto que se dirigía a Saltillo.

—No sabe, güerita, en el broncón en que se metió —le dijo uno de los hombres.

Durante esos dos meses la estuvieron buscando hasta dar con ella. Sonia no supo cómo la habían encontrado. Sabían con precisión que iba en ese autobús; los policías se subieron sin pensarlo para arrestarla. Sonia sintió pánico después de recordar sus constantes estadías en la cárcel. Recordó el problema fuerte que había tenido con el actor. Se sintió perdida. Después se vio la pulsera que había comprado en Monterrey, la rompió en dos e hizo un último intento.

—Miren, les doy estas pulseras, son dos, son de puro oro, valen mil quinientos cada una. Es una para cada quien. Déjenme ir. Al cabo, ¿quién sabe que sí me encontraron?

—¿Tú cómo ves, pareja? —le preguntó uno al otro.

—Pues el chofer ya nos vio.

—Pero ya se fue —dijo Sonia—; no va a saber ni qué pasó.

—Bueno, güerita, pero aquí te dejamos. Ya si te agarran en el camino es tu bronca.

—Está bien —les dijo Sonia. Y la soltaron ahí, en medio de la carretera entre Paila y Saltillo.

Más tarde un trailero la levantó, y volvió a casa pensando otra vez en abandonar al personaje de Sonia que le estaba ocasionando muchos conflictos.

Expulsada entre marranos

Expulsaron a Sonia de Villa de Encarnación, Zacatecas. Fue a parar ahí en una de sus tantas andadas.
Lo primero que hizo al llegar fue buscar la zona. Preguntó a las mujeres del mercado.

—Aquí no tenemos zona —le contestaron—. Sólo
hay un salón grande donde hay "mujeres de la vida".
Si quiere vaya ahí.

Sonia buscó el lugar hasta encontrarlo. Iba como
mujer, así que las mujeres pensaron que se trataba
de una prostituta. El mentado lugar era un galerón
con una barra adonde acudían los hombres a embria-
garse con las putas. Éstas eran mujeres grandes,
gordas y feas, así que Sonia de inmediato impactó con
su belleza, ya que ella era delgada, joven, moderna,
actual y sofisticada.

Sólo duró un día en el lugar. Pronto descubrieron
su secreto y el pueblo se escandalizó: "¡Un hombre
vestido de mujer!". El chisme se corrió de inmediato
hasta llegar a oídos del presidente municipal. Se armó
un escándalo de dimensiones mayúsculas. El presidente, por supuesto, tuvo que tomar medidas drásticas
y mandó expulsar a Sonia del pueblo. Ese día no había salidas de autobuses, así que tuvieron que optar
por la única forma inmediata: la sacaron del lugar en
una camioneta vieja que transportaba marranos. Y así,
entre chanchos, Sonia fue despedida de Villa de Encarnación, Zacatecas, como *persona non grata*.

Hay que entrarle al talón

LA PROSTITUCIÓN DE LAS VESTIDAS es lo de hoy. En la Plaza de Armas talonean la Passion, la Daniela y la He-mana. Hoy en día el clan de las Barbies es el que predomina. En el periférico, por la entrada de Gómez a Torreón, bajo la puerta de Sebastián, se juntan Alexa, prima de Paulina, y Vanessa Rancho (porque hay Vanessa Ciudad, pero ésa es otra). En Valle Oriente talonean la Picadillo, la otra Vanessa (la Ciudad) y la Eloy. Más adelante, la Argentina y otras en el campo militar. Hay muchas en la cuchilla donde se separa la carretera para ir a Viesca o seguir a Saltillo, después de Matamoros. Ahí es donde amanecen todas, vengan de donde vengan; aprovechan que ahí se detienen los traileros.

La Picadillo cuenta su aventura de cuando se fue a Laredo a trabajar e hizo mil quinientos en dos meses.

—Pues ¿qué cobraba el palo a diez pesos, amiga, o qué? —le preguntó Paulina y agregó—: ¿O eso ganó en dos días?

—No, estuve dos meses.

Todavía llegó y le prestó el dinero a su mayate. Vaya negocio.

Te amo, aunque me hagas enojar

EL SÁBADO SIGUIENTE FUI A BUSCARLA a la hora de costumbre. Estaba que me quemaba por ir a hablar con Paulina, aunque tenía miedo de lo que fuera a suceder. La noche anterior me había plantado de forma hostil, sin avisar ni nada, haciéndome pasar por un vil idiota. Claro, me lo tenía merecido.

Llegué a casa de Paulina, estaba sola, ya arreglada. Me senté en la cama a esperar ingenuamente una explicación. Se sentó conmigo y no dijo nada.

—¿Entonces? —pregunté.

—Nada.

—¿Qué pasó? ¿Me vas a explicar? —insistí.

—No pasó nada. Me sentí mal por unas cosas que me dijeron.

—¿De mí?

—No, del Chupacabras. Me dijeron que andaba diciendo cosas mías y me enojé. No estaba bien y quería pensar sola. Así como estaba no quise verte, porque pensé que te iba a tratar mal, y tú te has portado bien lindo conmigo; no te mereces que te trate mal.

—Paulina, yo quiero ayudarte, pero si no me dices lo que te pasa no puedo hacerlo. Si no sé dónde estás ni lo que te pasa, no sé cómo ayudarte. Te quiero, pero tú no me dejas entrar en tu vida. Dime qué quieres.

—Sé que quiero estar contigo.

—Yo también, pero para que funcione tienes que confiar en mí. Te quiero y no me gusta que estés mal.

Paulina, acostada en mis piernas, se puso a llorar. Me sentí peor, yo la quería ayudar, pero no veía cómo.

—Es que no es tan fácil...

—Sí es fácil, pero no quieres.

—Cuando uno es así como yo...

—Y ¿cómo eres tú?

—Así, gay...

—Paulina, por favor...

—No, de veras, tú no sabes. Uno sufre mucho, uno siempre está a la defensiva, con miedo de que nomás jueguen con uno. Y es que uno no está bien...

—A ver... otra vez. Para empezar ¿por qué sólo te juzgas gay? ¿Por qué no te consideras un ser humano con preferencias sexuales gays?

—Porque no.

—Osea que ante los ojos de Dios ¿tú no eres un ser humano?, ¿tú eres gay? Yo no creo eso. Creo que para él tú eres un ser humano como todos los demás.

—No sé, no creo. No sé, tengo miedo.

—A ver si entiendo... Voy a imaginar porque no me dices nada. Tú tienes miedo de que yo te deje, que nomás juegue contigo, que me arrepienta de tener una relación homosexual y que me consiga una novia mujer, ¿cierto?

—Ajá.

—Qué poco me conoces, Paulina, jamás te haría eso. Yo, a diferencia de ti, sé exactamente lo que quiero, y tú eres lo que quiero. Quiero que esto funcione.

—Es que ya me lo hicieron una vez.

—Sí, pero todo depende de con quién te relaciones.

—Bueno, eso sí es cierto.

Así terminó la plática. Paulina me dio un beso y todos como si nada. Yo seguí teniendo miedo. Fuimos un rato a casa de la mamá de Paulina. Regresamos y estaban Vicky y Paola arreglándose en casa de Paulina.

—M'hijo, ahorita que se terminen de arreglar las muchachas nos vamos al centro. Un ratito nada más —me dijo Paulina.

Lo que me faltaba. Ya ni podía estar con ella a solas. Habíamos quedado que ese sábado no íbamos a ir a La Rueda. Íbamos a rentar películas, salir a cenar, a dar la vuelta y listo. Otra vez Paulina cambiaba los planes. No soportaba estar encerrada un jodido fin de semana. Lo que no sé es por qué no podíamos irnos solos; teníamos que ir con sus amigas, o mejor dicho, cargar con ellas. No me molestan sus amigas, me caen bien, pero el momento no era el más indicado. Acabábamos de discutir, y de cierta forma, yo traía todavía la sensación de que Paulina era egoísta. Para colmo cambiaba los planes y hasta me tenía que fletar a las amigas.

—Te espero en el carro —le dije.

Me salí a fumar, molesto. No tardaron mucho en salir. En el camino me relajé. La Rueda estaba vacía. Incluso las mesas se veían ordenadas. Cuando se llena ni siquiera se ven. Esto era nuevo para mí. Estuvimos bien un buen rato, hasta que terminamos enojándonos otra vez. Ahora sí ya parecíamos novios.

—¿Te digo algo y no te enojas? —me dijo Paulina.

—Sí me voy a enojar, pero ándale pues, dime —le contesté.

—Ay, ¿por qué me hablas así? ¿No ves que soy muy sensible?

—¿Sensible tú? Si ni sentimientos tienes.

Y valió madres el asunto. Me pasé. Paulina se quedó callada, con una cara de miedo. Estaba emputadísima, tensa a morir. Me dio miedo. Traté de arreglar la situación.

—No, ándale ya, bonita, dime.

—...

—Dime, no me voy a enojar.

—...

—¿No me vas a decir?

No me contestó, se volteó sin decirme nada y ahí sí valió madres el asunto. Entonces me emputé yo. Me le quedé viendo. Me ignoró. Me di la vuelta dándole la espalda; quería largarme de ahí, pero como que ya estaba grandecito para hacer esos teatritos. Retomé la calma.

—¿Ya no me vas a hablar?

—...

—Paulina...

—...

—¿Vas a estar así toda la noche?

—¿Por qué me das la espalda? —me preguntó ella.

—Tú me dejaste de hablar.

—Tú me hiciste enojar.

—Tú me hiciste enojar primero.

—Yo soy muy sensible, no tienes idea.

—Por favor, yo también tengo sentimientos. ¿Crees que nomás tú? Yo también soy sensible.

—...

—Ya, ¿no?

—...

Y de la manera que mejor se solucionan las broncas, Paulina simplemente me dio un beso y me dijo que ya no la hiciera enojar. Ya no le quise mover. Le quería decir que el enojado era yo, pero para qué, ya estábamos bien.

Nos quedamos un rato más y nos fuimos. En el camino todavía hubo otro pleito. Vaya fin de semana ideal. Ése ya no recuerdo cómo empezó, lo que sí sé es que fue por David. Le comenté que se me hacía extraño que no hubiera llegado a La Rueda.

—Cuánta apuración por esa jota.

—Es mi amigo.

—Eso yo no lo sé.

—Pues sí, es mi amigo, nada más. ¿Cuántas veces tengo que decirte que no me gustan los hombres?

—Mmmm...

—Ay, güey, qué batallar contigo. Ahora ¿ya no puedo tener amigos?

—Amigos sí, amigas no.

—Él es hombre.

—Es jota, es amiga.

—Y dale... qué mal pedo que no me creas. Yo no te digo nada por tus amigas.

—Pero ellas son niñas vestidas, son amigas. No me voy a besar con ellas, ni que fuera como la Boli con la Cecilia, que ellas sí se besan.

—Yo tampoco me voy a besar con él. Es mi cuate y, además, qué asco.

—Eso yo no lo sé.

—Está bien, ya no voy a tener amigos.

—No, está bien, tenlos.

—¿Para que me la hagas de pedo?

—No, ya no te voy a decir nada.

De verdad que cuando quieren ser mujeres, lo son. Esta discusión la he tenido con todas las mujeres con las que he estado. Al final siempre terminan diciéndote algo como "haz lo que quieras", que significa "ya te dije, cabrón; no quiero y punto". Mientras llegamos a la casa, Paulina ya no decía nada; sólo yo hablaba. Cuando llegamos se tiró en la sala. Yo seguí tratando de arreglar las cosas, quería seguir hablando. Paulina me besaba para callarme. Me molesté más.

—¿Ya ves? Como tú ya no quieres hablar ya no vamos a hablar. Sólo piensas en ti.

—Vamos a hablar, pues.

—No, ya no quiero.

Mejor nos fuimos al cuarto. Apenas se acostó, Paulina se quedó dormida. Yo no tenía nada de sueño, hasta quería coger. Por más que la besé, nada. No reaccionó. No se despertó. Me puse a leer, me tiré en el piso, me volví a acostar con ella, la quise despertar, la seguí besando, y nada. Se quedó dormida. Cuando despertó ella sí me quiso levantar. No le hice caso hasta que dijo:

—Te amo, aunque me hagas enojar.

El gringo

La primera vez no le permitieron el acceso a Sonia en el Country Club de Durango.

—Aquí no entran mujeres —le dijeron en la puerta.

—Yo no soy mujer —les contestó Sonia.

—Menos.

Había llegado ahí semi vestida. La verdad, de cualquier forma parecía mujer, aunque no se vistiera completamente. El Country Club era un lugar para hombres. Después, con el tiempo conoció a gente que trabajaba ahí y le permitieron el acceso. Ahí fue donde conoció al gringo. Al principio no supo que era gringo. Era blanco, de cabello negro y ojos oscuros. El gringo realmente se enamoró de Sonia. Era uno de esos hombres que realmente valían la pena, pero como era de esperarse, Sonia no se enamoró de él. Las vestidas sienten una extraña fascinación por la diversión, y rara vez se dan cuenta de lo que es verdaderamente importante.

El gringo se comportó como un caballero con ella, la trajo paseando por todo el país. Sonia lo acompañaba siempre. Ella vivía en Torreón cuando el gringo no estaba en México. Gracias a él, Sonia entró a estudiar cuatro años a la Escuela Comercial Treviño. Ahí terminó la secundaria. Luego se inscribió en la escuela para trabajadores donde hizo la preparatoria. Después de eso entró a Ópticas Franklin para hacer prácticas. Ahí mismo le ofrecieron que hiciera la carrera en op-

tometría de la cual se graduó. Muchos de esos estudios
le costaron al gringo, quien se los costeó. Este hombre se había convertido en su verdadero marido. La
familia de Sonia terminó por aceptarlo como tal. Sus
padres pensaban que él era un buen hombre para
su hija. El gringo bebía a diario, y ella lo acompañaba. Ésa fue la etapa en que ella se sumergió en el
alcoholismo.

Sonia jamás dejó de portarse mal con él. Lo enga-
ñaba con suma facilidad. El gringo le dijo que un día
le iba a dejar una casa que tenía en Zacatecas. Estaban ahí bebiendo y comiendo, cuando Sonia le dijo
que estaba aburrida y que quería salir. El gringo,
siempre comprensivo, la llevó a La Troje, el bar de un
hotel. Cuando llegaron un mesero se acercó para darle a Sonia un bote de Tecate y unos cigarros Raleigh,
cortesía de la casa. El mesero aprovechó que el gringo
estaba en el baño para hablarle a Sonia.

—Oye, ¿qué es tuyo el señor?

—¿Cómo te explico? Es mi protector. ¿Sí me en-
tiendes?

—Sí... tu protector.

La verdad, le extrañó a Sonia que el mesero le hubiera entendido, ya que ni ella misma entendía.

—¿En qué habitación estás hospedada?

—En la 84.

—¿Puedo llevarte un servicio cuando termine mi
turno?

—Claro, ahí te espero.

El mesero llegó más tarde con el servicio que el
gringo tuvo que pagar. El gringo no estaba en ese momento, así que Sonia se encerró toda la noche con el
mesero. Después llegó el gringo, pero Sonia no le
abrió hasta que amaneció.

—¿Por qué no me abriste anoche?

—Ay, papi, me quedé bien dormida. No te oí.

El gringo no era idiota y sabía que mentía. Sabía exactamente lo que había pasado, pero no le reclamó nada. Durante varios años el gringo aguantó todo lo que Sonia le hacía. Jamás llegó a golpearla, aunque discutieran. Por encima de todo la respetaba. Sin embargo, hubo un día en que no resistió más. Le mandó un telegrama a su casa para avisarle que iría. Le dijo en qué hotel lo encontraría. Ese día Sonia no llegó a su casa, así que no recibió el mensaje. Al día siguiente, cuando se enteró, fue a buscarlo. Cuando llegó, el gringo no la dejó entrar. Le dijo que estaba ocupado. No pudo ver con quién estaba, pero sabía que se trataba de otro hombre. Finalmente el gringo se había cansado de Sonia. Fueron más de diez años en que poco a poco fue terminando con su paciencia. Y lo que pudo haber sido la gran salvación para Sonia, el amor, terminó convirtiéndose en una triste decepción.

Con el tiempo y de manera gradual, el personaje de Sonia se fue desvinculando de Guillermo Zapata, igual que ocurrirá en esta novela.

La obsesión de los bugarrones

Es FASCINANTE OBSERVAR cómo en La Rueda los cholos y mayates se mueren por que una vestida les haga caso. Las sacan a bailar, les invitan algunas cervezas, las tratan de conquistar, como si en verdad se tratara de mujeres. No lo son y no les importa. Ellos juegan el juego, se comprometen, se fascinan, se entusiasman. Sábado a sábado lo siguen intentando con la misma, pues se llegan a obsesionar con una en especial. No les importa que la persona que los rechace sea un hombre.

Cuando les llegan a hacer caso, los hombres se sienten completamente realizados. Bailan como si volaran. A la menor oportunidad intentan besarlas, manosearlas. Ellas, como todas unas damas, se dan a respetar, se dan su lugar y no los dejan. Puede notarse que lo que sienten esos hombres es un gran vacío; lo que desean es besar a alguien, enamorarse, sin importarles que se trate de un hombre. Por eso, cuando un hombre es correspondido por alguna de las vestidas, la respetan y le dan su lugar como pareja. Los dramas más inverosímiles se pueden suscitar, como en cualquier relación heterosexual. Ellos sufren por ellas, se encelan y defienden su "amor" como bestias. Algunos se desgarran. Y al final queda la pregunta: ¿realmente saben lo que hacen?

Recuerdo las fiestas en que en estábamos puros hombres y pensábamos que sería bueno contar con la presencia femenina. Ahora, en medio de La Rueda veo el espectáculo con todas las variantes posibles. Mujeres más que mujeres se mezclan entre los hombres. Los dramas, el coqueteo, la seducción y la fiesta no han cambiado: *seguimos siendo puros hombres.*

Pájaras de antes

ENTRE LAS FINAS AMISTADES DE SONIA se encontraba la Bambina, una de las primeras vestidas que se inyectó aceite comestible para esponjarse el trasero y los senos. Era de un rancho cercano. La procesaron por matar a un pelado y cuando quedó libre la mataron saliendo de una cantina; le deshicieron la cabeza en una banqueta. También estaba la Comina de Matamoros, Coahuila; vestía mezclilla y botas. Le decían la señorita Lascurain de los Monteros. Muy marihuana. Ella era la que sacaba el maquillaje para todas, fue de las que les enseñó a las demás. También figuraba Ana Luisa, le decían así porque se parecía a Ana Luisa Pelufo. Su nombre real era Leo, sí el de los tortillones, el mismo. Estaba por supuesto la Mastuerzo, cuya historia fue contada en páginas anteriores. La San Martín, que aún vive en un rancho, vende cerveza y sigue con amores. De vez en cuando vuelve a vestirse de mujer, pero ahora parece una señora gorda y mayor. Un día en la zona un fulano le arrancó el vestido, intentando detenerla; se quedó en puro fondo. Para su suerte, en la zona deambulaba una mujer que vendía ropa de segunda a deshoras y le vendió un vestido. Como la San Martín era muy grande y muy fuerte, como luchador, no le quedó. No tuvo más opción que romper el vestido para quedarse con la pura falda que se amarró con un mecate. Así siguió la fiesta hasta que salió el sol. Estaban también las

Chaquiras, Dinastía, Liliana y Marcela. Ellas eran de Monterrey y estaban operadas. Dinastía se casó con un mesero. La boda fue a las tres de la tarde. A esa hora podías jurar que eran mujeres. Antes de la boda, Liliana, la flaquita, estaba en un sillón sentada mientras su novio le depilaba las piernas. Actualmente Dinastía tiene un bar en Monterrey.

De entre las amistades de Sonia, a Rosa, una jota de un rancho cercano, la recuerdan graciosamente. La vestida había tenido polio cuando niña y eso la hacía verse nalgoncita. Se vestía como tájuara y tenía mucho pegue con los rancheros. Estaba una noche en el Molino Rojo y quiso ir al baño.

—Papi, quiero ir al tocador —le dijo al ranchero que la acompañaba.

—Vamos, mi alma, yo la acompaño.

El ranchero fue a cuidarla hasta allá. Cuando llegaron el baño estaba completamente lleno. Afuera había un resumidero y el ranchero le dijo que si ya le ganaba, que orinara ahí mismo. Rosa traía un vestido de crinolina con un enorme aro debajo. Se sentó a orinar como pudo mientras su ranchero la cuidaba. A causa de su pierna mala, Rosa se fue para atrás, perdiendo el equilibrio.

—¿Pos qué pasó, mi alma? —le dijo el ranchero al ver que se iba al suelo su compañera.

Cuando la quiso levantar se dio cuenta del fraude. Supo que su alma no era otra más que un caballero oculto. Se le dejó ir encima a golpes. Casi la mata ahí mismo, ya estaba ahorcándola con el mismo aro del vestido. Todas las demás vestidas tuvieron que quitárselo de encima. De no haber sido por ellas, el ranchero la hubiera matado.

Primera ruptura

TERMINAMOS. HABÍA PASADO un mes exactamente. A menudo la dicha dura demasiado poco. Mis sospechas eran todas ciertas. Paulina no era más que un ser humano caótico. El orden que traté de darle la agobió. No sé si terminó por no creer que lo que le ofrecía era verdadero. Se lo puse todo de manera sencilla. La vida no tiene por qué ser tan complicada; eso es lo que le traté de enseñar. Para alguien tan acostumbrado al desorden, un poco de dicha y congruencia resulta algo incómodo.

De cierta manera, creo que el error fue haberme portado tan bien con ella. Las relaciones basadas en tormentos y dependencias duran más. Creo que en el fondo, y de alguna manera, Paulina se sacrificó por mí. Se sabía hija del caos y no me quiso arrastrar con ella. Al final de cuentas, yo no había hecho otra cosa que portarme bien con ella, tratarla bien, respetarla, darle su lugar.

También pudo ser el sexo lo que terminó por detonar la ruptura. Aunque cogimos, creo que no fue lo suficiente. David me había dicho que el homosexual principalmente busca explotar la esfera sexual. Paulina, como todo hombre, llevaba al macho sexual encerrado. Yo no le brindé suficiente sexo. Creo que eso debió haber perjudicado nuestra relación. Sabía que esto terminaría influyendo tarde o temprano.

Después de que le di la carta, Paulina me recibió

como siempre quise: segura y relajada. Esa noche, antes de dormir, me dijo que había leído la carta, que yo tenía razón en casi todo, y que estaba dispuesta a darse la oportunidad de ser feliz. Confié. Eso fue el domingo.

El miércoles terminamos. Llegué a las ocho como de costumbre. Me recibió totalmente seria. Dijo que estaba cansada. Podría creerlo, pero sabía que no era cierto. Había algo más. En un mes llegué a conocer a Paulina más de lo que ella misma llegara a conocerse a sí misma. Sabía cuando tenía algo. Para mí era transparente, por eso sabía que era una maravillosa persona, sólo que estaba lastimada. Yo buscaba lamerle las heridas, curarla. Ése fue el error. Nadie quiere curarse. Todo mundo está enamorado de su enfermedad, prefiere cultivarla.

Hablé con ella y, como siempre, no dijo nada. Tomé la iniciativa y la sondeé. La orillé a que me dijera lo que le sucedía. Sabía que quería decírmelo, quería decirme que prefería que no volviera. Yo ya lo sabía, pero como no quería irme, traté de evitar esa plática durante un mes. Lo supe desde el principio, desde aquella vez que me confesó que iba a decirme que no volviera. Lo que Paulina quería desde el principio era sólo diversión. Yo me había portado tan bien con ella que no tuvo forma de decírmelo. Para Paulina el ideal era salir sola o con sus amigas, bailar, beber y coger. Con una relación seria como la nuestra no iba a poder hacerlo. Yo jamás se lo prohibí, pero no se trataba de permisos y prohibiciones; se trataba de sentirse libre, sin culpas ni remordimientos.

Cuando finalmente habló, dijo que no quería encerrarse después de lo pasado con su ex. Tenía miedo. Dijo que nunca iba a cambiar y que prefería que las cosas se quedaran como estaban.

—Tú como estabas y yo como estaba —fue todo lo que dijo.

Para mí fue suficiente. Sabía lo que en verdad pensaba. No quería comprometerse, no quería enamorarse, cosa que estaba sucediendo. No se sentía preparada para algo serio. Le gustaba su desorden, lo manejaba, lo dominaba. No sabía ser una persona "normal". El problema radicó en que ella nunca entendió que con lo nuestro no iba a cambiar nada. Yo también estaba loco: me gustaba su enfermedad y la mía. Prefirió martirizarse pensando que jamás sería feliz. No quise luchar. Pienso que cualquier relación es posible o no lo es. Tantas dudas y tantos miedos me producen desconfianza. No quise seguirle mostrando el camino. Ella estaba bien como estaba. Finalmente así era Paulina. Y así fue como volvió a ser libre, paradójicamente presa de su locura y soledad.

Verónica Verano

(Entrevista realizada a Maciel, Verónica Verano, *por Ós-car en la estética de la protagonista el jueves seis de octubre de 2005 a las 8:00 p.m.)*

La primera vez que vi a Maciel fue todo un impacto; fue en un concurso de Miss Gay de La Rueda. Ese día llegamos temprano, apenas eran las nueve y el evento empezaba a las doce y media. Pasaban las horas y no llegaban las vestidas que iban a concursar. Maciel estaba entre los miembros del jurado para dar fe de la legalidad del evento. Cuando llegó, todos nos dimos cuenta. Maciel mide dos metros. Una rubia impresionante entró al lugar vestida con un traje completo, de pantalón y blusa ajustada, y guantes negros. Desde donde estuvieras sentado la podías ver. Sobresalía entre todas las personas. Era como una Barbie de carne y hueso, una chica Almodóvar. El rostro de Maciel es diferente; sin duda te das cuenta de que se trata de un hombre, pero si la ves de espaldas o de lejos, te produce un impacto increíble. Es como ver a una mujer impresionante que no encuentras en cualquier parte. Yo la tenía que entrevistar.

Óscar. Hola, Maciel. ¿Me podrías contar algunas de tus anécdotas como vestida? Cuándo empezaste, a qué edad, por ejemplo.

MACIEL. Bueno, yo sufrí una violación a los seis años, muy chico, pero no dije nada, me lo callé. De cualquier modo, aunque no sabía muy bien qué onda, supe que era algo malo, tan así que no le dije a nadie. Fíjate, yo crecí con la idea de que la relación niño-niño estaba bien, como otros niños me besaban y me pichoneaban, pues yo pensaba que estaba bien, que eso era lo correcto.

ÓSCAR. ¿Cuándo te diste cuenta de que no era así?

MACIEL. Pues ya como a los doce o trece. Veía que los niños andaban con las niñas. Ahí fue donde me empecé a cuestionar sobre mi sexualidad. Pensaba "o sea, ¿yo qué soy?". ¿Ves? A mí me gustaban los otros niños, incluso me excitaba cuando recordaba la imagen de mi violación , mi pene se ponía erecto.

ÓSCAR. ¿Y luego? ¿Tuviste novias?

MACIEL. Sí, varias. Hasta tenía peguecillo con las niñas. Unas me besaban y me decían: "Yo te quito lo joto". Anduve con varias chavitas, o sea que me daba vergüenza ser homosexual. Era para disfrazarlo mientras descubría qué onda conmigo.

ÓSCAR. Pero ¿te gustaban?

MACIEL. Mmmm... no me incomodaban. Pero no, no me gustaban, no me excitaban. Me excitaba más pensar en los niños.

ÓSCAR. Entonces, ¿cuándo te definiste?

MACIEL. Fíjate, cumplí catorce años, era Halloween, me acuerdo, y salí a pasearme con unos amigos. En mi inocencia todavía no sabía que la avenida Morelos era un centro de prostitución, como ahora. Nos fuimos caminando rumbo al Gol 68, una cantina que ahora es el Soccer. Salimos de madrugada y no conseguíamos taxi. Caminamos por la Morelos y nos levantaron unos pelados que nos dieron un aventón. Nos fueron repartiendo y a mí me dejaron al último. Cuando llegamos a mi casa, el tipo que traía el carro me preguntó dónde podía orinar. Yo le dije: "Pos ahí haz", en un árbol. El tipo se bajó a orinar y yo me acerqué para verle el pene. El tipo me dijo que todavía le quedaba bastante gasolina, me invitó a dar una vuelta y yo le dije que sí. En el camino sentí cómo se me aceleraba el corazón; se me pusieron las manos frías. El tipo me las tocó y me dijo: "Qué manos tan frías, corazón". Yo le respondí: "Y tú qué manos tan peludas". Ay, estaba bien peludo, todo; me gustan los hombres peludos. Luego el mayate me dijo: "Dicen que 'manos frías corazón caliente'". Nos estacionamos en un lugar oscuro, quién sabe dónde. Luego me puso a hacerle sexo oral y terminamos teniendo relaciones. Cuando llegué a mi casa no me desvestí; sentía que olía a sexo y me daba vergüenza. Ésa fue mi primera relación, en el 83, cuando cumplí catorce años. Ya con eso estaba definido; ya sabía que era homosexual. Luego quise tener sexo con mi novia. Después de probar con hombres sentí la curiosidad de probar con mujeres. Invité a la que era mi novia en ese entonces a mi casa para hacerlo. Esa vez ella lloró y no quise hacerlo; no quise desgraciarle la vida a la pobre.

Óscar. ¿Ya sabía tu familia que eras gay? ¿Cómo se enteraron?

Maciel. Como siempre, no faltó quien le fuera con el chisme a mi mamá. Le dijeron: "Oiga, fíjese que Maciel es gay". Mi mamá como que no les creyó, pero me preguntó. No se lo negué; le dije que sí era cierto. "Pero cómo, Maciel", me dijo mi madre, y yo le contesté: "Pues sí y si usted no me apoya no sé quién lo vaya a hacer". Me fui a dormir. En la mañana cuando me desperté mi mamá me dijo que me iba a apoyar.

ÓSCAR. ¿Cuántos años tenías?

MACIEL. Dieciséis.

ÓSCAR. Y ¿ya ibas a La Rueda?

MACIEL. No, todavía no. Después de esa plática con mi madre me invitaron. Yo todavía ni conocía. Me dijeron "vamos" y fui. Cuando llegué todo me impactó; ver a los gays vestidos de mujer se me hizo bien padre.

ÓSCAR. ¿Tú todavía no te vestías?

MACIEL. No, después de que los vi me gustó y me empecé a vestir.

ÓSCAR. ¿Alguien te enseñó a maquillarte o te pasaron tips?

MACIEL. No, nadie, nunca. Todos los trucos son míos; nadie me enseñó nada, yo sola aprendí; eso que al principio me pintaba toda fea. Pero todo lo que aprendí fue porque yo me las ingeniaba. El siguiente fin de semana ya fui vestida; llegué sola y me senté en la barra. No me fue tan mal, luego luego me sacaron a bailar. Si pensaba que estaba fea, ahí me di cuenta de que no. En ese entonces no me arreglaba en la casa, me vestía en casa de alguna amiga. Salía con mi bolsita vestida de hombre y me transformaba. Luego una vez saliendo de La Rueda, unas amigas me dijeron: "Vente, vamos a la zona". Yo no la conocía, te digo que era muy inocente, nunca había ido. Total que fuimos. No sabes, era impactante. Llegamos a Las Vegas de noche. Era un ambiente muy denso, peligroso. Todas las semanas había un muerto. Pero ahí todo se valía, por el dinero. Mataban a fulanos en las cantinas con mucha facilidad. Se manejaba mucho dinero. Mataban a alguien y luego luego, órale, con una lana se arreglaba todo. Ahí en la zona había gays que vivían en cuartos; se los rentaban para que vivieran ahí. Eran personas que venían de todas partes de la república. La zona de aquí era una de las tres más grandes del país. Una vez hasta salió en la tele. Fíjate, había muchos robos. Salían los jotos a robar por ahí a la Soriana o a otras partes; salían de morenas y cuando llegaban se transformaban en rubias. Cuando las buscaban iban a la zona a preguntar por ellas; a veces hasta les preguntaban a las mismas jotas: "Oye, una muchacha güera, así y así". "No, pues quién sabe". Ya no las encontraban. Eran bien méndigas las cabronas.

ÓSCAR. ¿Tú qué hacías en ese tiempo?

MACIEL. En ese tiempo yo trabajaba en la Soriana del centro, en el departamento de perfumería.

ÓSCAR. Pero ¿no estudiabas algo?

MACIEL. Sí, estudiaba una carrera técnica de producción de maquinaria, algo así como mecánica.

ÓSCAR. *(Risas.)* No mames, ¿en serio?

MACIEL. Sí, ya sé, una carrera de hombres. No había mujeres, yo era el único joto ahí. Me metí por ir siguiendo a un chiquillo que me gustaba. Me empecé a juntar con los lidercillos, y ellos eran los que me defendían. Luego, a veces llevaba los cuadernos muy mona, así como las mujeres *(Maciel hizo la mímica y simuló cargar unos cuadernos en el pecho)* y me decían: "No sea puto, agárrelos bien, como hombre" *(y ahí hizo la mímica de llevarlos con una sola mano y de lado).* Terminé la carrera, fíjate.

ÓSCAR. Y ¿seguías trabajando en los perfumes?

MACIEL. Sí, de día era estudiante de mecánica, en la tarde trabajaba en los perfumes y en la noche era puta en la zona.

ÓSCAR. ¿Ya sabía tu mamá que te vestías? ¿Cuándo se enteró?

MACIEL. Creo que lo supo una vez que andaba buscando una blusa suya y no la encontraba. Luego le dije: "Ahí la traigo en la mochila". Yo estaba dormido. "Condenado muchacho", me dijo mi madre; "¿por qué traes mi blusa?, ¿qué también te vas a vestir de mujer?". "Ay, mamá", le dije, "si ya me vas a apoyar, apóyame en todo". Ya no me dijo nada, y me siguió apoyando.

ÓSCAR. ¿Trabajabas en la zona?, ¿ya no ibas a La Rueda?

MACIEL. No, no me daba tiempo de ir a La Rueda. Salía de trabajar y prefería brincarme La Rueda para que me diera más tiempo de estar en la zona. Además en la zona ganaba y en La Rueda no. Empecé a trabajar en una cantina en la zona. En ese entonces no tomaba. El dueño me servía refresco, pero con un algodón me untaba alcohol en el borde de la copa para que oliera, ¿ves?, porque el cliente me pagaba una cuba, no un refresco. Ahí bailaba, platicaba y tomaba con los clientes, ya después me "ocupaba". Nos íbamos a un cuarto. Órale, el turno era de treinta minutos, acabara o no. Si el viejo se quedaba con ganas, pues tenía que pagar más.

ÓSCAR. ¿Te tocaron clientes que te gustaran?

MACIEL. Sí, cómo no. Los viejos más guapos del país venían a la zona y con un buen de dinero, dispuestos a gastarlo. Fíjate, yo veo que muchas de las que

van ahora a La Rueda me envidian porque hubie-
ran querido que les tocara esa época. Lo malo
es que pinches viejos jotos; antes se acostumbraba
que ellos fueran los activos, que le dieran a uno,
pero luego que te doy y dame a mí, bueno. En
cambio ahora, ya nomás quieren que uno se los
enchorice a ellos. Pos si uno también quiere. Te lo
juro, mira, de cien condones yo creo que me pongo más de cincuenta, neta. Una vez me estaba
cogiendo a un mayate, pero no podía con tremen-
das uñotas; me las tuve qué arrancar porque no me
podía agarrar del güey para cogérmelo. *(Risas.)*

ÓSCAR. ¿Te tocaron broncas?

MACIEL. Claro. Ahí se acostumbraba hacer una rueda
para que dos jotas se agarraran. Eran batallas cam-
pales, a morir. Cuando uno ya no podía, entonces
los separaban. Ya nomás gritaban: "¡Piiista!", y a
putearse los jotos. Me acuerdo que hubo una vez
en la que más me dieron. Me agarré con una jota
ya grande. El lugar estaba llenísimo y alguien me
empujó a mí, yo choqué con esa jota. La güey se
enojó y me la hizo de pedo. Nos agarramos a chingadazos.

ÓSCAR. Y se hizo la pista.

MACIEL. Sí, gritaron: "¡Piiiista!" e hicieron la rueda.
La jota estaba grandota y bien pesada. Me acuerdo
que hubo un momento en que me empezó a gol-
pear en la cabeza con un tacón; me abrió. Me tenía
en el suelo, luego yo la volteé y le empecé a dar
de chingadazos en el suelo, hasta que nos sepa-
raron. "Ya estuvo, ya" y se la llevaron. A mí me
preocupaba que me había tumbado las pestañas.
Y pensé: "Y ¿ahora qué hago? Todavía le cuelga a
la noche". No, yo toda fea. Ese día me acuerdo

que me había arreglado bien bonita, me sentía una princesa. Pues me las tuve que pegar con chicle. Le pregunté a una jota: "¿Cuánto tienes con ese chicle?". Y véngase, me las pegué con el chicle. Al otro día sentí los golpes; tenía una costra de sangre en la cabeza donde el joto me había abierto. No, estaba cabrón.

Óscar. Y ¿cómo te llamabas en la zona? ¿Te decían Maciel?

Maciel. No, en la zona yo era Verónica Verano.

Óscar. ¿De dónde sacaste el nombre?

Maciel. Lo de Verano, de una revista. Una vez leí que una tipa se apellidaba así. El nombre es el de mi mamá; se llama Verónica. Me gustó Verónica Verano, pero ésa ya murió, se quedó en la zona. Ahora sólo soy Maciel.

Óscar. Me imagino que también tuviste experiencias fuertes.

Maciel. Por ejemplo, una vez un judicial me sacó una pistola. Estuve platicando con él un rato y luego me ocupé, pero no me gustó, como que me molestaba cómo me lo hacía, me maltrataba. Le dije: "No, ahí te ves, ya no quiero nada". Y que el pelado se enoja, saca la pistola y me apunta: "Tú no te vas a ningún lado, hija de la chingada". Lo peor que le puede pasar a un hombre es que un joto lo desprecie. Todavía una mujer, pero ¿un joto? N' hombre, se puso como loco. Yo sentí que se me paraba el corazón, me asusté, pero de todos modos me di media vuelta y me puse a rezar: "Padre nuestro que estás en el cielo, santificado sea tu nombre...", y no, no pasó nada, pero qué susto me llevé. Ya después de eso, cuando otro pelado me sacaba su pistola, ya ni me inmutaba. Le aventaba su pistolita y le decía: "¿Qué crees que me asustas? No, papacito, a mí ya me la han sacado varias veces; ¿a poco crees que eres el primero?" En la zona eso era muy frecuente. Era una tierra de nadie. El segundo impacto, la segunda ocasión que pensé que ahí me quedaba, fue una vez que salí de la zona y no traía dinero para el taxi. Mi dinero se lo había encargado a Oyuki, otra vestida. Oyuki se había llevado mi bolsa. Iba con otra amiga y nos subimos a una camioneta con dos tipos. Yo me subí adelante en la cabina, en medio de los dos. Mi amiga iba atrás en la caja. El pelado que iba manejando nos empezó a llevar lejos; daba vueltas por todos lados y no nos llevaba a la casa. "Espérate", decía el tipo, "vamos a comernos un menudo". Y yo le decía: "Ahí por mi casa venden". "Bueno, vamos a conseguir una lana para la gasolina", decía el pelado. "Yo te doy, en mi casa tengo dinero", le comentaba, pero no nos llevaba. Ahí me empecé a preocupar. Total nos terminó llevando allá por la salida de Lerdo; fue cuando me amenazó: "Ahora sí se los va a cargar la chingada, pinches putos". Le respondí: "Pues nos va a llevar a todos, cabrón". Y agarré el volante e hice que el pelado perdiera el control. En ese momento aproveché y le empecé a pegar, luego le di al otro, abrí la puerta y lo empujé para bajarme. Me bajé y mi amiga me preguntó: "¿Qué pasó?", y yo: "Joto, córrele que nos va a cargar la chingada", y vamos corriendo hechas madre. Le pedí al joto: "Quítate los tacones que nos van a alcanzar". Todavía nos fueron siguiendo y nos alcanzaron por donde estaba la policía. Le dije al güey: "Ándale, cabrón, si me vas a madrear, órale; aquí nomás grito y vienen por ti". Como que la pensó el mayate. Nos subimos a un taxi. "Ahí en la casa lo pago", pensé. Llegamos a la casa y ¿me creerás que los cabrones de la camioneta todavía nos venían siguiendo? Me bajé al departamento para sacar el dinero para pagarle al taxi. Mis amigas me decían: "Ya no salgas". "Sí, cómo no. Sí voy a salir, ¡ah, chingá! A ver si aquí, fuera de sus dominios, también son muy machitos." Salí y le pagué al taxista. El cabrón de la camioneta me la siguió haciendo de pedo y lo empecé a agarrar a chingadazos. Como que el cabrón sí sintió que no estaba en su territorio, y salió corriendo; luego estaba el otro que ya se iba también, pero lo alcancé a agarrar. Me dijo: "No, ¿yo qué? Yo no te la estoy haciendo de pedo. Es mi compa nada más". "Pues por tu compa." Y madres, también lo agarré a chingadazos.

Óscar. En ese tiempo ¿no tuviste broncas en tu trabajo de los perfumes?

Maciel. Fíjate que una vez sí. Llegué toda desvelada, ya te imaginarás la cara que traía. Y, además, todavía iba maquillada. Una amiga mía fue la que me dijo: "Maciel, qué bárbaro, todavía vienes maquillado". De inmediato me limpié la cara. Imagínate cómo andaría que ni cuenta me había dado. Es que en la zona todo se acababa hasta que amanecía. A veces ni dormía. Total ese día mi patrón se dio cuenta y fue a hablar conmigo. Me dijo: "Mire la cara que trae", y ya sabes. Todavía me dijo el viejo: "Se me hace que usted es *Luces de Nueva York*". Méndigo viejo, se estaba burlando de mí. "Pues sí", le dije "y qué; a ver, por qué no les dice nada a todos estos que trabajan aquí y van a gastarse el dinero conmigo". Mira, mira, ¿nomás yo le gusté? Estaba pendejo. Yo ni le hice caso, me le puse al brinco. Me acuerdo que en ese tiempo nos daban un chalequito de uniforme. No, yo nunca me lo puse. Siempre me regañaban, pero me valía. Ya después me empecé a juntar con Ramiro, que tenía una estética. Él me enseñó todo y me dejaba trabajar ahí. Preferí dejar mi trabajo en la Soriana y poner una estética. Así ya no tenía que quedar bien con nadie, y podía andar de mujer todo el día.

ÓSCAR. Oye, ¿y hasta cuándo estuviste en la zona?

MACIEL. Pues hasta que la cerraron, ya cuando nos echaron a todas pa' fuera. Pero luego nos fuimos a la zona de Chávez. Hasta allá fuimos a parar. Me acuerdo que ahí conocí a un pelado buenísimo. Fíjate, cuando lo conocí me dijo que el día que me viera con otro se iba a ir y que ya nunca lo iba a volver a ver. Pues me lo cumplió. El viejo me gustaba muchísimo. Cuando cerraban echaban a todos los mayates pa' fuera. A nosotras nos metían a nuestros cuartos, dizque a dormir. Todas les decíamos a nuestros mayates: "Espérame en la barda, ahorita te meto". Y veías a toda la bola de mayates asomados por la barda; nomás se les veían las cabecillas. Ahí andábamos todas, "¿dónde está el mío, joto? Ah, ya lo vi", y "vente, papacito, pásale". A escondidas los metíamos a nuestros cuartos. Así yo metí al viejo ése. Estaba buenísimo. Me acuerdo que los otros jotos siempre iban y me tocaban en la mañana: "¿No tienes crema que me prestes?". Buscaban un pretexto pa' ver al pelado. Yo abría y veían ahí, tendido en la cama, a ese pedazo de hombre encuerado, nomás tapado un poquito con la sábana. Me gustaba mucho ese viejo, hasta que una vez que llegó me encontró con un cliente. Y así como me lo prometió, jamás lo volví a ver.

Óscar. ¿Y cuándo dejaste la prostitución?

Maciel. Fue cuando conocí a un tipo que quise mucho. Yo dejé la prostitución por él. Vivimos juntos cinco años, hasta que conocí quién era verdaderamente. Era un celoso de lo peor, pero loco, enfermo. Me golpeaba, me vigilaba. Incluso tuve problemas fuertes. Fue cuando puse una demanda, y aquí en Gómez me cuidaban. Me pusieron vigilancia para que el pelado no se me acercara.

Óscar. ¿Y ahí fue cuando murió Verónica Verano?

Maciel. Sí, ésa ahí se quedó, ya nomás soy Maciel.

Óscar. Bueno, eso era todo. Gracias.

Maciel. Ay, sí tú, como ya me hiciste soltar todo mi pasado… *(Risas.)* No te creas, no hay de qué.

Gatita aporreada

CUANDO VOLVÍ A VER A PAULINA, la encontré como una gatita aporreada, con la cara llena de rasguños. Llegué a buscarla el domingo. Fui con miedo de lo que me pudiera encontrar. El sábado estuve en La Rueda con la esperanza de encontrarla, pero no fue. Esa misma noche la busqué en su casa, pero tampoco la encontré. Le dejé una nota diciéndole que la extrañaba, que necesitaba verla. Me recibió en casa de su madre, como si nada hubiera pasado. Nos fuimos a su casa. Paulina se había peleado con otra vestida el viernes en La Rueda.

No cabía duda. La niña era autodestructiva. ¿Qué más podía yo buscar en una mujer? Era mi complemento. El pleito fue el remate esperado en su tragedia, una forma de acentuar su desdicha. La niña estaba complacida. Ahora ya no la dejarían entrar a La Rueda. ¿A mí qué me importaba? Yo iba por ella. Me di cuenta el sábado, que como no estaba, me aburrí mortalmente. Por un momento, pensé en la posibilidad de ligarme a Carla, la vestida bonita que tenía como opción *A* cuando no encontraba a Paulina. Carla sí llegó a La Rueda, pero no lo hice; mi corazón le pertenecía a mi gatita aporreada. Ni siquiera le hablé.

Paulina no dijo haberme extrañado; no dijo gran cosa, se limitó a hacer como que nada había pasado entre nosotros. Entendí que así sería nuestra relación. Necesitaba entender pronto las reglas del juego. Así iban a ser las cosas: cuando tuviéramos problemas sólo tenía que fingir demencia y no hacer caso; ya cuando se le pasara, las cosas serían como siempre. Seguí en lo mismo. Ahora sí había heridas que lamerle. Ese día estuvimos juntos, como Dios manda. Al día siguiente me volví a quedar en su casa; me llevé otra vez mis cosas. Dormí con ella, y volvimos a coger de madrugada como acostumbrábamos. En la mañana, otra vez como siempre, estuve a punto de llevarla al trabajo cuando me dijo:

—Si me haces el amor, no voy a trabajar.

Música pa' jotear

P<small>ARA SER VESTIDA HAY QUE GRABARSE</small> el *cassette* con cierta ideología. Ésa la puedes encontrar en la música. Algunos ejemplos claros de esa ideología pueden encontrarse en las letras de las siguientes canciones:

*

Yo soy rebelde porque el mundo me ha hecho así,
porque nadie me ha tratado con amor,
porque nadie me ha querido nunca oír.
Yo soy rebelde porque siempre sin razón
me negaron todo aquello que pedí,
y me dieron siempre sólo incomprensión.
Y quisiera ser como el niño aquél,
como el hombre aquél,
como el hombre aquel que es feliz.
Y quisiera dar lo que hay en mí
todo a cambio de una amistad.
Y soñar y vivir y olvidar el rencor,
y cantar y reír y sentir sólo amor.

*

Yo no soy esa que tú te imaginas,
una señorita tranquila y sencilla,
que un día abandonas y siempre perdona.
Esa niña así, no, ésa no soy yo.

Yo no soy esa que tú te creías,
la paloma blanca que te baila el agua,
que ríe por nada, diciendo sí a todo.
Esa niña así, no, ésa no soy yo.

*

Si quieres verme llorar,
dime que vas a dejarme,
que tú vas a abandonarme
y no piensas regresar.
Si quieres verme llorar,
dime que ya no me quieres,
que por otro amor te mueres,
si me quieres ver llorar.
Si me quieres ver sufrir,
mírame que estoy sufriendo,
que tu amor estoy perdiendo
y sin ti voy a morir.

*

Mi pobre corazón tiene una pena muy grande,
                                                muy grande.
Queriendo consolarlo yo le dije: "No llores, no llores,
son nuestras las estrellas de la noche
y nuestros son los rayos del sol.
Hagamos de la vida un derroche
y vámonos al mundo los dos."
Y mi corazón gitano por fin se volvió.
Su cárcel rompió,
igual que un gitano vivió.
Tal vez hallará un día un amor de verdad
y entonces él se detendrá, él se quedará, quizá,

y se quedará..., quizá,
igual que los gitanos sin destino, vagamos, vagamos.
Si acaso nos sentimos ya cansados cantamos, cantamos.
Son nuestras las estrellas de la noche
y nuestros son los rayos del sol.
Hagamos de la vida un derroche y vámonos al mundo
los dos.
Y mi corazón gitano por fin se volvió...

*

Voy buscando un amor que quiera comprender
la alegría y el dolor,
la ira y el placer.
Un bello amor sin un final,
que olvide para perdonar.
Es más fácil encontrar rosas en el mar.
Voy buscando la razón de tanta falsedad,
la mentira es obsesión y falsa la verdad.
Qué ganarán, qué perderán si todo esto pasará.
Es más fácil encontrar rosas en el mar.
Voy viviendo mi verdad y no quieren oír.
Es una necesidad para poder vivir, la libertad.
La libertad, derecho de la humanidad.
Es más fácil encontrar rosas en el mar.
Voy buscando un lugar perdido en el mar
donde pueda olvidar el mundo la maldad.
La soledad quiero buscar para poder vivir en paz.
Es más fácil encontrar rosas en el mar.

Mayel

EN SU CASA LE DECÍAN MAYEL, pero su verdadero nombre era Ismael Ríos. Desde niño fue gay. Jamás sintió atracción hacia las niñas. El primer niño que le gustó fue un compañero de quinto de primaria que se llamaba Carlos. Sólo llegó a tomarle la mano.

En su casa siempre fue el consentido. Lo aceptaron desde el principio. Los problemas llegaron después, cuando comenzó a vestirse de mujer. Uno de sus primos, mayor que él, ya era una niña vestida. Él fue quien lo motivó a vestirse de mujer en una fiesta totalmente gay. Su primo le quiso prestar ropa, pero a Mayel no le gustó nada, así que buscó su propio vestuario. Medio le enseñaron a maquillarse. Ese día usó una peluca.

La madre de Mayel fue quien lo aceptó primero. Don Ismael, su padre, tuvo más problemas con eso.

—¿Además de joto, ahora te tengo que aguantar así? —le preguntó don Ismael.

Mayel se fue de la casa a vivir con una amiga. Para ese entonces, él ya trabajaba en una maquila. Pasaron algunos días hasta que su mamá lo fue a buscar para pedirle que regresara.

—Mayel, vete ya para la casa. ¿Qué estás haciendo aquí si tú tienes tu casa?

—No, si mi papá no me acepta.

—Ya hablamos de eso. Tu papá va a estar de acuerdo.

—Entonces dígale que en la noche voy.

Mayel llegó a la casa de sus papás con cierto temor. Su papá lo esperaba.

—Pues ¿qué andas haciendo en otras casas? Ésta es tu casa.

—Sí, pero usted no me acepta.

—Mira, yo voy a aceptarte como eres. Nomás te voy a decir algo: date a respetar, que ningún cabrón te haga menos. Defiéndete siempre, pártele su madre a cualquier cabrón que se quiera pasar de vivo. Además, para eso tienes familia; para eso están tus hermanos y yo. Nomás nos dices y le partimos su madre al cabrón que te quiera chingar.

—Eso no me lo tiene que decir, papá. Eso yo lo aprendí de usted. Yo me sé defender.

—Y otra cosa: si te vistes, te vistes aquí en tu casa, no en otro lado. De aquí ya sales vestida.

A Mayel le daba pena hacerlo frente a su padre, pero lo aceptó.

—Bueno, y ¿cuándo te vistes para verte? —le preguntó don Ismael.

—El fin de semana.

Llegó el mentado fin de semana y Mayel se vistió para salir. Don Ismael estaba esperando en la sala para ver cómo su hijo se transformaba en hija. Mayel estaba listo, pero le daba pena que su papá lo viera. No tuvo otra alternativa que salir. Don Ismael lo vio y les dijo a sus otras hijas:

—Miren, pos sí se ve mejor que ustedes.

Todo se relajó, la tensión desapareció. Finalmente Mayel era el consentido, ¿por qué no podía ahora ser su niña consentida? Don Ismael le hizo una última recomendación:

—Mayel, nomás te voy a encargar otra cosa. No te

pongas minifalda. Al menos yo no quiero verte así. Se me figura que te sientas y se te ven las bolas.

Mayel comenzó su tránsito como vestida frecuentando La Rueda. Ahora sólo le faltaba el nombre de batalla. Ya lo había pensado. Lo sacó de su primer novio, un amigo de la secundaria con quien tuvo sus primeros encuentros, un tal Paulino. Así fue como Mayel dejó de existir, para convertirse definitivamente en Paulina.

Sí, mi Paulina, la misma.

No, ya no

SIEMPRE TUVE LA RAZÓN, Paulina seguía enculada con su ex. Me lo confesó en La Rueda el último sábado. Como acostumbrábamos los viernes, la fui a buscar a su casa y no la encontré. El sábado no la busqué y emprendí el joti-tour con David. Ya en La Rueda la vi, pero no me habló. Me le acerqué tratando de aligerar las cosas.

—¿Adónde fuiste ayer? —le pregunté.

—Ahí anduve por la casa.

—¿Te vas a ir conmigo?

—No.

—¿Por qué?

—No... ya no.

—¿Otra vez?

—Esto ya es lo último.

—Mmm... está bien; sólo dime por qué.

—Te lo voy a decir, y créeme que me va a doler más a mí que a ti.

—A ver.

—Es que todavía estoy enamorada del otro.

—Y ¿qué vas a hacer si él no te ama?

—Él dice que no, pero yo sé que sí.

—Y ¿ya no me vas a hablar? ¿Ya no me vas a ayudar con mi novela?

—Yo siempre te voy a ayudar en lo que necesites.

—Bueno. Me voy para no molestarte.

—Tú no te preocupes.

De cualquier forma, me quedé en La Rueda. No había ido con ella, así que no tenía por qué irme. Anduve con David. Paulina pasaba constantemente por donde yo estaba. Se me quedaba viendo y yo la evitaba. ¿Ya qué caso tenía cualquier cosa? Pasado un rato, me aburrí. Le faltaba acción a la noche. Vi a Carlita sentada en la barra con una amiga. Me le quedé viendo. Me pidió un cigarro. Me le acerqué y le saqué plática. Sabía que cuando Paulina me viera se encabronaría. Por más que dijera que seguía enamorada del otro, era una vestida, le tenía que molestar. Además, Carla era muy bonita, podía sentir la competencia. Apenas dejé de platicar con Carla me fui a buscar a David. En el camino vi de reojo a Paulina; me di cuenta de que nos había estado viendo. Sentí su mirada, pero no volteé a verla.

— No mames, güey, Paulina te estaba viendo emputadísima —me dijo David.

—Sí, ya sé. Sentí la pinche mirada, pero de eso se trataba, de mortificar.

—Qué bueno. Se lo merece la estúpida.

Después Paulina me seguía viendo insistentemente. La ignoré. Era increíble, un poco de psicología inversa y la güey cayó. No puedo creer que sea tan fácil. Es demasiado vulnerable, cualquiera la puede dañar. Creo que en parte por eso me obsesioné. Me parece tan frágil que deseo protegerla. Después de un rato llegué a la barra; ahí estaba Paulina. Comenzó a agarrarme las nalgas como si nada. Luego me mordió en el cuello. Sabía qué era lo que quería: mostrarles a Carla y a las demás que yo le pertenecía.

—¿Por qué me manoseas?

—Aay, es que traigo la mano muy larga —me contestó muy sonriente.

—¿No estás tomando?

—No, yo ya no tomo.

—¿Leche?

—Ya te vi muy bien acompañado.

—¿Con quién?, ¿con David?

—No te hagas, con la que te gusta.

—Ah... pero no me gusta.

—Tú me dijiste.

—No es cierto.

—Sí.

—La voy a entrevistar, es todo.

—Mmm... Cuando termines tus entrevistas me buscas.

—¿Para qué?

—Para lo que quieras.

—Y ¿si estás ocupada?

Y entonces valió madres todo el asunto, de nuevo. Le recordé a Paulina, el motivo de toda la bronca. Le di a entender que si la buscaba tal vez ella iba a estar con el otro. Recordó sus propias palabras y se volvió a sentir mal consigo misma. Se volteó y me dejó de hablar.

—¿Ya te enojaste otra vez?

—...

—¿No me vas a hablar?

—...

Y me fui de inmediato. No estaba para aguantarle sus bipolaridades. Si quería estar bien, pues bien, si no, pues no. Ya no la vi. Se fue de inmediato. Todavía me quedé un rato, pero con una sensación extraña. Aunque había ganado la batalla con el asunto de Carla, en la última plática terminamos como empezamos, como si hubiera sido un empate. Yo quería ganar.

Antes muerta que sencilla

ESO NO SE PODÍA QUEDAR ASÍ. Al día siguiente la fui a buscar. No la encontré en su casa, sino con su madre. Salió como esperaba, como si nada hubiera pasado. Ya me empezaba a aprender la rutina. Viernes y sábado, bronca, domingo reconciliación. Buscarla era una forma de decirle que me importaba un carajo lo que dijera; total nunca se mantenía firme en sus decisiones. Mientras siguiera conmigo, me valía madres de quién estuviera enamorada. Yo ya me había dado cuenta de que la relación era imposible, estuviera o no el otro de por medio. Yo necesitaba muy poco para terminar mi novela, sólo algunas fotografías que ella tenía. A eso fui. No dejé de amarla, pero no estaba dispuesto a seguir con ella si no ponía de su parte.

Esa noche salimos a pasear, como si nada hubiera sucedido. Compramos una película y fuimos a mi casa a verla. Esa noche dormimos juntos y otra vez hicimos planes para el futuro. La dejé en la mañana en su trabajo. Ya en la noche encontré a la misma Paulina con dudas, arrepentida de volver conmigo. La verdad es que era sumamente manipulable. Le hablaba y la convencía de seguir conmigo. Le hablaban sus amigas y la convencían de dejarme. Le hablaba el otro y la convencía de que lo seguía amando.

Luego tuve una revelación. Escuchamos una canción en el auto: *Antes muerta que sencilla*. Dijo que se trataba de una buena canción jotera, que manifestaba el pensar y sentir de las vestidas. La conseguí, investigué y descubrí que la había escrito y la cantaba María Isabel, una españolita de nueve años. Me cayó todo el veinte sobre Paulina. Estaba tratando con un cabrón con la mente de una niña de nueve años. Todo encajó perfectamente. ¿Por qué no quería comprometerse? Los niños de esa edad no buscan comprometerse, son egoístas, caprichosos, infantiles y sólo quieren divertirse. ¡Qué enfermo estaba!, pero yo. Me di cuenta de por qué me gustaba Paulina: me gustaban las niñas, me doblaba la ternura. Había encontrado a una niña en ella, sin darme cuenta.

Cuando comencé mi peregrinaje bizarro no noté el grave error. Las vestidas tienen un mundo terrible que yo no reflejaba; sólo incluí la ternura. Al leer una novela sobre el mundo travesti, uno espera algo fuerte: los crímenes, las muertes, la violencia, los encarcelamientos. La vestida que a mí me interesó era una niña de nueve años. Vaya error. ¡Si seré pendejo!

Les dejo la letra de la canción-himno para que se diviertan un rato, y para que conozcan la actitud, si alguna vez se quieren vestir:

El pintalabios, toque de rímel,
moldeador como una artista de cine.
Peluquería, crema hidratante
y maquillaje que es belleza al instante.
Abrid la puerta que nos vamos pa' la calle,
que a quién le importa lo que digan por ahí.

Antes muerta que sencilla,
ay, qué sencilla, ay, qué sencilla.
Antes muerta que sencilla,
ay, qué sencilla, ay, qué sencilla.

Y es la verdad, porque somos así:
nos gusta ir a la moda, que nos gusta presumir,
qué más nos da qué digas tú de mí,
de Londres, de Milán, de San Francisco o de París.

Y hemos venido a bailar
para reír y disfrutar
después de tanto y tanto trabajar.
Que a veces las mujeres necesitan
una poquita, una poquita, una poquita, una poquita
libertad.

Mucho potaje de los de antes,
por eso yo me muevo así con mucho arte.
Y sí algún novio se me pone por delante,
le bailo un rato
y unas gotitas de Chanel número 4,
¡el más barato!
Que a quién le importa lo que digan por ahí.

Antes muerta que sencilla,
ay, qué sencilla, ay, qué sencilla.
Antes muerta que sencilla,
ay, qué sencilla, ay, qué sencilla.

Y es la verdad, porque somos así:
nos gusta ir a la moda, que nos gusta presumir,
qué más nos da qué digas tú de mí,
de Londres, de Milán, de San Francisco o de París.

Y hemos venido a bailar
para reír y disfrutar
después de tanto y tanto trabajar.

Que a veces las mujeres necesitan
una poquita, una poquita, una poqui...
Antes muerta que sencilla,
ay, qué sencilla, ay, qué sencilla.
Antes muerta que sencilla,
ay, qué sencilla, ay, qué sencilla.

El abandono

DE PRONTO ME DI CUENTA de que tenía que abandonar mi extravío con Paulina. Las relaciones no se terminan nunca, se abandonan. Así hice con Paulina, la abandoné. De cierta manera, ella tuvo razón: fui yo quien la dejó.

Sin decirle nada, nomás no regresé a buscarla. Además, yo tenía lo peor de la relación, sin las ventajas. Paulina no se arreglaba para mí; me recibía en su casa como hombre, sólo se vestía los fines de semana cuando yo no la veía. ¿Para qué quería de amante a una vestida si no la veía precisamente "vestida"? Para mí era como si anduviera con un simple jotillo y cholo. Me di cuenta de que era lo mejor para ambos. Ella deseaba seguir enculada con el otro, y yo no estaba dispuesto a entregarme a un amor, y menos si era imposible, porque como dije antes: o es posible o no es nada.

No tenía caso luchar por algo que no iba a suceder. Nunca tendría la relación que yo buscaba con Paulina. Ella no era para eso. Nuestros estilos de vida eran sumamente diferentes, provenimos de mundos distintos. Sentí pena, pero no tanta. Era algo con lo que podía vivir.

A grandes rasgos y generalizando, las conclusiones que obtuve de esa experiencia fueron:

A) Las vestidas ya no saben ni qué. Viven en un mundo de fantasía del cual no las podrás sacar jamás.

B) Ese loco afán por ser mujeres las tiene trastornadas.

C) Le temen a la felicidad. (Cualquier atisbo de dicha les resulta incómodo.) Aunque en teoría parezca lo más sano, difícilmente alguien les abrirá las puertas a una vida mejor; y no sólo me refiero a las vestidas, este temor lo encuentro en cualquier persona, homo o hetero. Nadie quiere ser feliz.

D) Las vestidas no buscan el amor. Ni lo conocen, a mi parecer. Parecen resignadas a vivir la vida sin él. Se creen portadoras de la fatalidad. Al fin y al cabo, ellas piensan que Dios mismo las ve con malos ojos; es decir, según ellas, para Dios son unas pecadoras. (Ojo, no dije *pecadores*.)

E) Viven en el melodrama. Las telenovelas y las canciones cursis las mantienen en donde están. Buscan ser las villanas de la telenovela, y al mismo tiempo, cuando están a solas se saben, según ellas, las sufridoras protagonistas; es decir, las buenas de la historia, condenadas a sufrir durante toda su vida a causa de su enorme corazón.

Aun con estas conclusiones pienso que las vestidas son criaturas encantadoras, y que encantan por lo que son: divas.

Y en fin, esas son las vestidas, los travestis. Pero ahora les contaré sobre las lesbianas…

Travesti, de Carlos Reyes Ávila,
se terminó de imprimir en el mes de octubre
de 2009 en los talleres de Impresora y
Encuadernadora Progreso, S.A. de C.V. (IEPSA),
San Lorenzo núm. 244, col. Paraje San Juan,
Iztapalapa, D.F., con un tiraje de 1 500
ejemplares y estuvo al cuidado del Programa
Cultural Tierra Adentro.